나는
읽고
쓰고
기록한다

나는 읽고 쓰고 기록한다

독서고수의 3단계 독서법

초 판 1쇄 2025년 01월 23일

지은이 김현희
펴낸이 류종렬

펴낸곳 미다스북스
본부장 임종익
편집장 이다경, 김가영
디자인 임인영, 윤가희
책임진행 김요섭, 이예나, 안채원, 김은진, 장민주

등록 2001년 3월 21일 제2001-000040호
주소 서울시 마포구 양화로 133 서교타워 711호
전화 02) 322-7802~3
팩스 02) 6007-1845
블로그 http://blog.naver.com/midasbooks
전자주소 midasbooks@hanmail.net
페이스북 https://www.facebook.com/midasbooks425
인스타그램 https://www.instagram.com/midasbooks

ISBN 979-11-7355-044-7 03800

값 **19,000원**

미다스북스는 다음세대에게 필요한 지혜와 교양을 생각합니다.

나는 읽고 쓰고 기록한다

독서고수의
3단계 독서법

미다스북스

이 책을 '읽었어?', '읽걷쓰?'

앞으로 이 책이 나오면 "이 책을 '읽었어?', '읽걷쓰?'"라는 말이 유행할 듯싶다. 30년 동안 독서 운동과 독서 연구를 해온 필자의 촉감으로 확신한다. 김현희 저자는 조선시대 한글문학의 명문가인 광산 김씨 후손이다. 그 인연으로 10여 전에 만나 밤낮으로 읽기 쓰기 운동을 하는 저자를 지켜봤기에 드는 확신이다. 단숨에 글 속으로 빨려들어갔다.

평생 독서 전도사로 살아온 저자의 진정성 있는 독서 에세이이자 삶의 기록이다. 26살에 늦깎이 대학생이 되어 시작한 독서가 이제는 26년 차 독서지도사의 삶으로 이어졌다. 저자는 독서를 통해 자신의 인생을 바꾸고, 나아가 한 가정의 운명까지 변화시킨 생생한 경험을 들려준다.

책은 크게 독서법, 글쓰기, 기록하기라는 세 축을 중심으로 구성되어 있다. 각 영역마다 저자만의 독특한 방법론과 실천 팁이 상세하게 담겨 있어 실용적이다. 특히 논어 필사, 새벽 독서, 독서 모임 운영 등 저자가 직접 실천하며 검증한 방법들은 신뢰감을 준다.

주목할 만한 점은 독서가 단순한 지식 습득을 넘어 인생의 전환점이 된 순간들이다. 사춘기의 방황을 『데미안』으로 극복하고, 육아의 지혜를 책에서 찾으며, 경제적 위기를 독서로 해결해 나간 이야기는 감동적이다. 최근에는 걷기를 더해 '읽걷쓰'라는 새로운 인생 이야기를 만들어냈다.

저자의 가족은 '책 읽는 우리 가족'이라는 가훈 아래 함께 성장했다. 아이들은 어린 시절부터 독서 습관을 길렀고, 부부는 함께 책을 읽으며 대화의 폭을 넓혔다. 이는 독서가 개인의 성장을 넘어 가족 문화를 만들어낼 수 있음을 보여준다.

이 책은 독서의 힘을 믿고 실천하는 한 사람의 진정성 있는 기록이자, 평생 독서가 주는 깊이 있는 삶의 증언이다. 독서를 통한 진정한 자기계발과 가족의 성장을 꿈꾸는 이들, 그리고 독서지도사를 꿈꾸는 이들에게 이 책을 강력히 추천한다.

김슬옹
국어교육학 박사
세종국어문화원 원장
한국외대 교육대학원 객원교수

삶을 변화시키는 책 읽기,
세상을 바꾸는 글쓰기

좋은 독서는 나와 세상을 변화시키는 '즐거운 혁명'입니다. 26년 차 독서고수 김현희 선생은 읽기와 쓰기를 통해 쉼 없이 '자기혁명'에 성공하신 분입니다. 깨지고 부서지고 새로워지는, 역동적 변화의 참모습을 온 마음과 몸과 삶으로 증거해오신 분입니다.

저자는 인생을 바꾸고 세상을 변화시킬 힘을 '읽기'로부터 얻었고, 그 방향과 나침반을 '기록'과 '성찰'을 통해 찾았습니다. 지성과 인격, 비전과 열정을 실천적 삶으로 현실화시키는 힘을 '쓰기'를 통해 만들어 갔습니다. 가정과 이웃과 지역사회와 공유하며, 변화의 깊이와 넓이를 키워왔습니다. 처음엔 작았고, 개인적이었던 그의 움직임은 점점 우리 사회를 흔드는 울림이 되고 있습니다.

그녀는 독서를 통한, 기록을 통한, 글쓰기를 통한 '자기혁명'의 주인공입니다. 나를 변화시키고, 우리를 변화시키며, 세상을 바꾸는 위대한 '학습혁명의 밀알'입니다. 민들레 홀씨처럼 퍼져 마을과 이웃과 세상 곳곳에 착륙하게 될 밀알 안에는 강인한 생명력이 응축되어 있습니다. 독서와 성찰과 글쓰기의 힘이 땅을 뚫어 뿌리를 내리고, 하늘을 향해 줄기를 내고, 꽃을 피워 열매를 맺고, 100배의 밀알로 다시 날아오를 에너지로 충만합니다.

자신과의 온전한 소통으로 내 삶을 건강하게 바꾸고 싶은 분들께, 존재의 이유와 꿈과 방향을 찾는 사람들에게 이 책을 권합니다. 학습의 방법과 원리를 깨닫고 싶은 분, 독서에 기반한 즐거운 공부를 삶의 동반자로 삼기 원하는 사람들이 이 책을 읽었으면 좋겠습니다.

이 책이 '삶을 변화시키는 책 읽기', '나와 세상을 바꾸는 글쓰기'를 곳곳에서 피어나게 하는 '학습혁명의 밀알'이 되길 소망합니다. 책 읽는 가정, 책 읽는 마을, 읽고 쓰고 성찰하는 도시, 건강하고 아름다운 평생학습의 꽃밭에 가득 퍼지는 '학습의 향기'가 되길 기대합니다.

최정학
희망날개네트워크 대표

안녕하십니까?

인천광역시교육감 도성훈입니다.

김현희 님의 『나는 읽고 쓰고 기록한다』의 발간을 진심으로 축하드립니다. 사람은 삶의 과정에서 읽고, 걷고, 쓰는 경험을 반복하며 성찰을 통해 성장합니다. 읽고, 걷고, 쓰는 행위는 직관적인 행위기도 하지만, 책은 물론 사람이 마음이나 세상을 읽고, 경험하고, 저마다의 삶을 써가는 은유적인 행위이기도 합니다.

좋은 삶을 살고 싶다면, 우리는 '행동은 습관을 만들고, 습관은 성격이 되고, 성격은 삶이 된다.'는 명제를 새겨보아야 합니다. 좋은 삶은 바르게 읽고, 경험을 통해 성찰하고, 의미 있게 쓰는 과정의 축적으로 만들어집니다.

작가는 이 책을 통해 바르게 읽고 쓰고, 기록하는 방법을 잘 안내하고 있습니다. 읽으면서 나를 찾고 기록하며 나를 알리는 독서, AI 기계문명에 대응하는 방법으로 찾은 읽기, 쓰기를 습관화하기 위해 실천한 '하루 한 장 논어 쓰기'까지 읽고 쓰며 기록하기를 갈망하는 많은 사람들에게 유익한 방법입니다.

인천시교육청에서는 코로나 3년으로 어려워진 학생들의 문해력, 체력은 물론 관계성을 회복하기 위해 읽걷쓰 교육을 시작했습니다. 이제 읽걷쓰 교육은 교육정책을 넘어, 또 하나의 교육운동, 문화운동으로 자리하며 교육의 새로운 패러다임을 만들고 있습니다. 읽걷쓰는 거창하거나 어려운 것이 아닙니다. 작가가 말처럼 아주 작은 습관으로부터 시작할 수 있습니다. 그러나 이 작은 시작이 쌓이면 마음의 힘이 되고, 삶의 힘으로 성장합니다.

"삶을 변화시키고 싶어 시작한 독서는 한 사람을 살려냈다." 이 책의 첫 구절입니다. 삶의 변화를 꿈꾸며 살아갈 힘을 간절히 바라는 모든 분에게 이 책을 추천합니다. 다시 한 번 김현희 님의 『나는 읽고 쓰고 기록한다』의 발간을 진심으로 축하드립니다.

도성훈
인천광역시교육감

큐리어스에서 활동하시는 수 만 명의 중장년 회원 중, 바오밥 김현희 님은 단연 눈길이 가는 리더입니다. 2023년 큐리어스 어워즈에서는 '최단기간 매출을 낸 떠오르는 루키상'을, 2024년에는 '열정 불꽃 리더상'을 수상하실 정도로 성과로 증명하는 분이기 때문입니다.

우리의 인연은 MKYU 플랫폼에서 시작되었습니다. 2022년, 제가 팀장으로 활동하던 MKYU '굿쩪칼리지 플랫폼'에서도 바오밥 김현희 리더님은 최우수리더로 선정되셨고, 1년 만에 '바오밥 독서 커뮤니티' 회원 수를 10배 이상 확장시키시는 모습을 생생하게 목격하였습니다.

재야의 독서 고수 26년 차 독서지도사 바오밥님의 스토리가 분명 여러분들의 마음에 불꽃을 지펴줄 것이라고 생각합니다.

김진수
큐리어스 대표

프롤로그

219,000시간

9,125일

26년

읽고, 쓰고, 기록했던 나의 시간이다. 26살, '다 늙어서 무슨 놈의 대학이야?' 주변 사람들의 시선을 과감히 물리치고 늦깎이로 대학에 입문한 일은 내 인생 최고의 기회이자 선물이었다. 독서라고는 담쌓고 살았던 사람이 그때부터 읽는 삶을 살기 시작했고 지금껏 유지하고 있다. 매일 같이 밥 먹듯 하루라도 책을 읽지 않은 날이 없었다. 시간이 없어서 못 읽는 날은 쪽독서라도 하고 잤다. 책을 읽고, 글도 쓰고 싶어 기록으로 남겼더니 나를 알리는 일이 되었다. 꾸준히 읽고 쓰고 기록했더니 어느 날 독서커뮤니티 리더가 되어 있었다.

삶의 고민이 있을 때마다 나는 늘 책에서 답을 찾으려고 애썼다. 30살 결혼하고 아이를 어떻게 키워야 하나 고민하고 있을 때도 『EBS 60분 부모』는 내게 교과서나 다름없었다. 첫 아이다 보니 주변에 물어볼 곳도 마땅히 없었고 그때 만난 육아서는 길 잃은 초보 엄마에게 단비였다. 나중에 알게 된 샘터 유아 교육 신서 시리즈는 영유아 단계에서 알아야 할 육아 정보를 폭풍 흡입할 수 있어 좋았다.

신혼 초부터 남편과 자주 부딪쳤던 돈 문제도 책에서 답을 찾았다. 결국, 경제 공부를 안 해서 생겨난 일이었다. 지인 추천으로 읽게 된 『보도 섀퍼의 돈』, 하브 에커 『백만장자 시크릿』은 어떻게 생각을 바꾸어 부를 만들어 가는지 진정한 부의 비밀을 알게 되었다. 40대 초반 빚더미에서 헤어 나오지 못하고 몇 년 동안 살아야 했다. 그때 만났던 경제 도서 덕분에 우리 부부는 어둠의 터널을 빠져나올 수 있었다.

전 지구적인 돌림병 코로나19가 시작되던 때, 위기 상황에서 김용섭 『언컨택트』와 『김미경의 리부트』를 붙잡았다. 두 권의 책 읽기로 코로나 팬데믹 상황도 이해하게 되었다. 『김미경의 리부트』에서 말한 것처럼 리부트 시나리오도 써 봤다. 이제 언택트를 넘어 온택트를 해야 한다는 말을 삶의 지침으로 따랐다. 코로나 팬데믹의 힘든 시간은 있었지만, 고민을 해결해 줄 수 있는 책 읽기 덕분에 오프라인에서 했던 독서 수업을 온라인으로 옮겨올 수 있었다.

책 읽기를 하고 나니 생각이 풍부해졌고, 쓰고 싶은 간절함은 더해 갔다. 쓰기에 대한 좋았던 기억은 여럿 있다. 초등학교 6학년 내내 일기 쓰기는 선생님께 칭찬받기 위해서도 열심히 썼고 결과물은 상으로 보상이되었다. 고등학교 때 만난 친구 우정이와 교환 일기는 각자의 아픔과 슬픔이 담긴 사춘기 소녀들의 성장기였다. 일주일에 한 번 읍내 공원 벤치에 앉아 일기장을 교환해서 공감하고 서로를 어루만져 주었던 기억. 서울 상경해서 답답한 타향살이 서러움을 노트에 끄적거리며 달래 보았던기억. 대학 시절 어쭙잖은 문학도로 입학해서 '난 왜 저 애들처럼 읽고쓰기가 안 되는 거야.' 마음 일기를 쓰며 힘이 나기도 했다.

결혼 후 아이 낳고는 초보 엄마의 육아일기를 썼다.

왜 우는지 물어도 대답 못하는 갓난아이가 잠들 때면 글을 썼다. 고맙게도 아이는 한번 자면 2~3시간씩 길게 잠을 잔 덕분에 육아하는 초보엄마의 일상을 기록할 수 있었다. 글을 쓰고 나면 육아로 힘든 마음이편안해져서 7년간 기록은 이어졌다. 육아일기는 차차 아이들 독서 수업했던 교육 일기로 확장이 되었다.

오랜 시간 다양한 책을 꾸준히 읽어온 덕에 나름의 독서 방법도 찾아냈다. 오래도록 기억하기 위해 시작한, 책을 요약하는 기록은 확실히 효과가 있었다. 책 내용을 정리하니 깊게 이해하는 독서가 가능했고, 삶에 적용할 수 있는 아이디어도 찾게 되었다. 책을 요약한 노트는 현재 22권이 되었다. 단언하건대 내 삶은 읽고, 쓰고, 기록한 전후로 변화해 왔다.

재야의 고수라며 사람들은 내게 물었다. 어떻게 읽느냐? 쓰느냐? 기록하느냐? 묻는 이들이 많아 나만의 노하우를 담은 책을 쓰게 되었다. 인생을 바꾸는 책 읽기 방법 〈읽는 법〉, 쉽게 따라 할 수 있는 초보 글쓰기 첫걸음 〈쓰는 법〉, 기록으로 새로운 삶을 선사하는 기록의 놀라움 〈기록하는 법〉에 대해 쓴 책이다.

삶이 꼬일 때마다 읽기와 쓰기로 나 자신에게 묻고 답을 찾아가다 보니 내 성장은 덤이었다. 매일 무언가를 지속해서 한다는 건 결코 쉬운 일이 아니다. 아침에 일어나 씻고 밥을 먹는 일은 삶의 필수지만 읽고, 쓰고 기록하기는 선택 활동이다. 선택 활동은 능동적이고 주도적인 삶을 만들어 주었다. 내게 삶의 무기가 된 읽고 쓰고 기록하기는 100세 시대 걱정보다는 설렘으로 가득하다. 오늘도 재야의 독서 고수 26년 차 독서지도사는 읽고 쓰고 기록한다. 그리고 걷는다.

1장

나를
살려 냈던
독서

"삶을 변화시키고 싶어 시작한 독서는 한 사람을 살려 냈다."

1

읽고 쓰고 기록하기
첫 시작

26살에 늦깎이 대학생이 되었다.

'나도 저 여자들처럼 멋진 여자가 되고 싶다.'

고등학교 졸업과 동시에 서울로 올라왔다. 이런저런 일을 하다가 전문직 여성들을 마주하게 되었다. 회사 내에서 회장님과 어깨를 나란히 하며 회의장으로 걸어 들어가는 그녀들의 뒷모습에는 매력이 넘쳐 났다. 회의장 맨 앞에서 브리핑하는 모습을 몰래 훔쳐보기도 했다. 미국에서 파견 나온 외국인 기획자와 영어로 대화하는 모습도 심심찮게 보면서 '나도 저런 멋진 여자가 될 수 있을까?' 하는 부러움이 가슴 밑바닥까지 후벼팠다. 10대 때부터 독신을 주장했던 나는 혼자 멋지게 사는 법을 늘 그려왔다. 그리고 어떻게 하면 저 여자들처럼 전문직 여성이 될 수 있을까? 틈만 나면 상상을 했다.

그러던 어느 날, 강남에 있는 디자인 학원에 등록하며 퇴근 후 꿈을 실현해 갔다. 학원에서는 한 달 동안 모눈종이 위에 선 그리기만 했다. 과연 이 공부가 내 꿈과 관련된 일인가? 디자인 전공하는 직장 동료 팀장님에게 여쭤보았다.

"차라리 대학에 들어가세요. 이 분야에는 유학파도 많아서 이렇게 고등 졸업장을 들고 디자이너가 되기란 하늘의 별 따기예요. 그래도 대학에 들어가서 공부하는 게 더 좋을 것 같아요."

그분의 조언이 아니었더라면 나는 대학 입학할 생각조차 못했을 것이다. 입시 공부는 팀장님의 조언대로 따랐다. 그런데 네 개 정도 복수 지원한 디자인과는 모두 떨어지고 문예 편집 디자인과에만 합격했다. 좋아만 할 것이 아닌 게 그 과는 문예창작학과로 학과가 변경된다고 했다. 신의 장난인가? 신이 주는 기회인가? 그때는 뭐라 설명할 수 없었다. 멋진 여자가 되어보겠다고 시작된 디자이너의 꿈은 무너졌지만, 문예창작학과 등록 앞에서 그리 큰 고민은 하지 않았다. 디자이너도 좋지만, 책 읽고 글 쓰는 것도 나름 흥미로운 공부일 것 같았다. 늦은 나이 시작된 공부가 설레고 기대가 되었다. 이것저것 따지지 않고 입학 등록을 마쳤다.

"누나, 그 과 나와서 뭐 하려고? 밥은 벌어먹고 살겠어?"

안경광학과라는 실용 학과에 재학 중인 다섯 살 아래 남동생의 조언을 뒤로하고 내 선택을 따르기로 했다. 26살, 당시 또래 여자아이들은 결혼을 준비하고 꿈꿀 때, 대학 입학은 내 꿈을 향한 도전이었다.

"중국 송나라 문장가 중에 구양수라는 사람이 있는데 8살 때 한유의 책을 읽고 감동을 하여 문장가가 되었어요. 구양수의 삼다 글쓰기가 있어요. 다독, 다작, 다상량, 많이 읽고 많이 쓰고 많이 생각해라! 글을 잘 쓰려면 이 세 가지를 기본으로 잘해야 해요."

대학 입학 후 전공과목은 모두 다른 나라 세상의 공부였다. 귀에 못이 박히도록 읽고 쓰기가 중요하다고 들었다. 전공 수업 시간 교수님들의 조언 말이다. 머리는 알겠는데 실천하기를 어디서 어떻게 해야 할지 막막했다. 많이 읽고 많이 쓰는 것까지는 대충 알겠는데 도대체 생각은 어떻게 하라는 말인가? 우여곡절 끝에 입학은 했지만, 막상 전공 수업을 따라가기는 만만치 않은 과제물이 눈앞에 펼쳐졌다.

문예 창작 수업은 읽기와 쓰기를 위한 이론과 더불어 글을 창작하는 수업이 대부분이다. 국어 국문이 아닌, 문예 창작이다 보니 이론보다는 창작 활동을 주로 해야 한다. 소설 창작, 시 창작, 아동 문학 수업 시간에는 동화 창작, 동시 창작을 한다.

현대 문학과 고전 문학 시간에는 문학 작품을 분석하고, 학우들 앞에서 발표하는 시간도 자주 갖는다. 발표뿐인가? 질의응답 시간마다 그야말로 숨이 턱 막히고 말도 몸도 오들오들 떨린다. 창작 시간은 더하다. 소실 창작 시간에는 소설을 써야 하고, 시 창작 시간에는 시를 써야 한다. 교탁 앞으로 나가서 본인의 작품을 발표하는데 학우들의 표현을 빌리자면 '인민재판 시간'이었다. 잘 썼네 못 썼네, 이 표현은 아닌 것 같다는 둥, 별의별 피드백을 들어야 한다. 물론 창작을 잘하는 동기들은 피드백 받는 시간에 날개를 달았다. 하지만 나처럼 읽기부터 버겁고 쓰기에 기본기 없는 사람에게 창작 발표는 자존감까지 떨어뜨리는 일이었다. 그럴 때마다 자퇴를 수십 번 생각했다.

멋진 여자가 되고 싶었고 내 꿈을 찾고 싶어 도전했던 늦되기 공부는 쉽지 않았다. 내 선택을 믿고 싶었는데 자꾸만 헛된 생각을 했다. 이건 포기해야 하는 건가? 나 같은 사람은 도저히 안 되는 일인가? 20대 청춘의 방황이었지만 이렇게 무너질 수는 없었다. 정신 차리고 찾아간 곳은 집 앞 시립도서관이었다. 그곳에서 나는 내 방황의 실체를 조금씩 풀어 나갔다. 책부터 붙잡았다.

2

고전 문학으로 떠나는
나 찾기 여행

『데미안』이거 지루한 책 아니야? 수업 시간에 『데미안』을 많이 언급했잖아. 꼭 읽어 보라고 교수님들이 추천한 책인데 읽어 볼까?'

고전 문학은 매번 몇 장 읽다가 포기한 적이 많아 감히 손을 댈 수 없었던 책이었다. 이제는 읽어 낼 수도 있지 않을까? 한 권 한 권 읽어 나가던 성취감을 떠올려보니 자신감이 불쑥 생겨났다. 무엇보다 책 표지에서 읽고 싶게 만드는 문구가 마음에 들었다.

"방황하는 수많은 청년 세대에 헤르만 헤세가 전해 주는 감동과 깊은 울림."

'방황하는'이란 단어에 꽂혔다. 내가 선택한 일이지만 학과에 대해 고민했다. 결혼 적령기에 대학생이 된 것도 나를 불안하게 했다. 한 번씩 복잡한 마음이 휘청거릴 때는 며칠이고 머리 싸맸다. 책 속 주인공처럼 방황해 본 적이 있어서 그런지 짧은 시간에 완독했다. 도서관 책장에 『데미안』과 나란히 꽂힌 『수레바퀴 아래서』도 읽어 보았다. 두 권 모두 헤르만 헤세의 사춘기 시절 겪었던 내면 갈등을 그려낸 자전적 성장 소설이었다. 어렵지 않게 읽힌 두 권의 책을 덮고 도서관 야외 벤치에 나와서 나는 펑펑 울었다.

헤세가 겪었던 사춘기 시절 갈등과 방황 속에서 내 모습이 보였다. 헤세는 공상을 무척 좋아했으며 총명했다. 또 자기가 지은 멜로디로 노래를 부를 정도로 남달리 음악을 사랑했고, 동물이나 식물에 관심을 보이기도 했다. 헤세의 방황은 여기서부터 시작이다. 아버지의 권유로 어렵다고 하는 명문 신학교에 입학했다. 규칙적인 기숙사 생활, 주입식 교육이나 여러 가지 권위주의적 속박에 충돌하고 반항하다가 기숙사를 탈출하기도 했다. 신경 쇠약에 자살 기도를 하다가 결국 1년도 안 되어 퇴학을 당했다. 헤세의 방황은 억압된 교육 제도와 어른들의 비뚤어진 애정에서 비롯되었다.

헤세의 사춘기 방황을 책으로 만나며 묘한 동지애가 생겨났다. 나의 방황은 가족의 불화가 원인이었다. 고등학교를 졸업하기도 전인 19살 11

월, 도망치듯 고향을 떠나왔다. 엄마와 할머니의 끊이지 않았던 극심한 고부 갈등은 옆 동네까지 소문날 정도로 심각했다. 갈등의 불 화산은 할머니였다. 할머니는 동네에서 소문난 싸움꾼이셨다. 젊은 시절 징용을 다녀왔던 할아버지는 55살에 돌아가셨고 할머니는 독수공방의 한을 엄마한테 모두 푸는 듯 보였다. 아버지와 할머니 두 분의 싸움도 잦았고, 부모님의 부부 싸움도 심심치 않게 일어났다.

싸움의 원인은 가난한 살림 때문에 불거진 일이었으리라. 방황했던 사춘기 시절을 떠올리면 중이염, 편도염, 구내염까지 몸에서 염증이 항상 터져 나왔고, 편하지 못한 가정에서 몸과 마음은 늘 우울했다. 우울한 감정은 20살 서울 상경해서도 이어졌다. 타인과 어울리지 못하고 늘 아웃사이더로 주변을 맴돌며 끼어들지 못했다. 사춘기 시절은 지나갔지만, 치료 안 된 마음의 상처는 타향살이로 고된 삶과 맞물려 갔다.

그러다 책을 만나며 내면 깊이 울고 있는 나와 마주하게 되었다. 27살에 만난 『데미안』 덕분에 말이다.

'괜찮다고, 네 잘못이 아니었다고. 너 자신이 이젠 너를 아껴주고 사랑해 주면 된다고. 누구든 사랑받기 위해서는 자기 자신을 스스로 충분히 사랑해 줘야 한다고. 누군가에게 사랑을 갈구하지 말고 자신을 더 사랑해 주라고.'

헤르만 헤세는 그렇게 내게 말을 걸었다. 그 뒤로 헤세의 팬이 되어 여러 작품을 읽었다. 『유리알 유희』, 『지와 사랑』, 『싯다르타』, 『수레바퀴 아래서』 헤세 관련 책이라면 닥치는 대로 읽었다. 학과 친구 중에 헤세 팬이 있다는 걸 알고서 만날 때마다 늘 '헤세, 헤세, 헤세'를 이야기했다. 다시 태어나려면 내가 가진 세계를 파괴해야 한다고 했다. 훗날 읽었던 박경철의 『시골의사 박경철의 자기혁명』은 헤세의 책을 많이 읽어두어서 그런지 잘 읽혔나 보다.

> "새는 알을 깨고 나온다. 알은 새의 세계이다. 태어나려는 자는 한 세계를 파괴해야만 한다. 새는 신에게로 날아간다. 그 신의 이름은 아브락사스이다."
>
> -헤르만 헤세, 『데미안』

고전읽기

1. 스토리텔링이 가능한 고전 문학을 택합니다.

2. 도서관이나 서점, 집에 꽂혀 있는 책 중에 가장 읽고 싶은 고전 도서를 택합니다.

3. 책으로 고전 읽기가 어렵다면 영화를 통해 고전을 접해 보는 것도 아주 좋아요. 원작이 있는 영화들은 대부분 소재나 내용이 재미있어서 원작의 재미를 어느 정도는 보장할 수 있습니다. 고전 읽기 입문자들에게 강력히 추천합니다.
   (예: 『위대한 개츠비』, 『작은 아씨들』, 『안나 카레니나』, 『오만과 편견』, 『테스』, 『제인 에어』, 『폭풍의 언덕』, 『레미제라블』, 『올리버 트위스트』 등)

4. 아이들의 경우 애니메이션 고전 만화로 접한 후 고전 책을 읽으면 훨씬 도움이 됩니다. 아이들의 고전 읽기는 유치부용, 저학년용, 고학년용이 있어요. 같은 책이라도 저학년 때 읽고 고학년 때 원작에 가까운 고전 읽기를 꼭 하면 좋습니다.

(예: 『피터 팬』, 『이상한 나라의 앨리스』, 『정글북』, 『피노키오』, 『어린 왕자』, 『빨간 머리 앤』, 『톰소여의 모험』 등)

5. 고전 읽기 전 호기심을 자극할 수 있는 전략 수립으로 관련 도서 유튜브 영상이나 도서를 검색해 보세요. 역사적, 공간적 배경 지식이나 작가에 대해 먼저 알아보고 책 읽기를 하면 좋습니다.

6. 감명 깊은 구절이 있다면 볼펜으로 밑줄을 긋거나 형광펜으로 색칠을 하고 소감을 한 줄이라도 써 보면 좋습니다.

7. 집중이 안 되거나 잘 읽히지 않는다면 몇 쪽이라도 소리 내어 읽어 보면 좋습니다.

8. 책의 내용을 기억하며 읽는 것도 좋지만 끝까지 완독해 보세요. 다음 고전 읽기로 넘어갈 힘이 될 것입니다. '아, 나도 이젠 고전을 읽을 수 있는 사람이구나.' 하고 자신감이 생길 겁니다.

3

잃어버린 꿈
찾아드립니다

집안 다 털어서 선생 일을 했던 조상이 누가 있나 봤더니 삼 대 할아버지가 서당 훈장 선생이었단다. 얼굴도 뵌 적 없는 삼 대 할아버지를 나는 뜬금없이 떠올려 보곤 한다. 올해도 어김없이 26년 차 독서 선생으로 일을 하고 있다. 이제는 아이보다도 엄마(어른)가 먼저 바뀌어야 한다고 아이들 독서 수업에서 어른 수업으로 6년간 일을 하고 있다. 이 일은 내게 천직이며 이제는 사명감으로 일을 한다. 독서로 내가 변화해서 가정을 돌보고 이웃과 사회까지도 돌볼 수 있는 돌봄 인문학을 하자는 것이다. 한마디로 말하면 '수신제가 치국평천하'를 만들어 보기다.

한때 내 몸 하나도 주체하지 못해 궁상맞게 살아갔던 나다. 독서로 배움을 실천하고 나를 발견해 갔던 여정은 잘한 일이었다.

"이제는 살아야 할 이유가 생겼습니다. 배우고 발견하고, 자유로울 수 있게 되었습니다."

- 리처드 바크, 『갈매기의 꿈』

조나단을 만났기에 잃었던 꿈도 다시 생각하게 되었다. 책 좀 읽었다고 하는 사람 중에 리처드 바크의 『갈매기의 꿈』을 모르는 사람은 없을 것이다. 한 번쯤은 뒤적거렸을 책일 것이고, 두세 번은 읽어봤을 수도 있겠다. 같은 책도 언제 읽었느냐에 따라 다른 생각, 다른 행동이 나온다.

『갈매기의 꿈』은 언젠가는 읽어 봐야지 하고 길거리에서 사 뒀던 책이다. 대부분 갈매기는 빵 부스러기에만 관심 있는데 먹는 것 말고 그 이상의 세계가 있다고 조나단은 말했다. 조나단 리빙스턴은 평범한 삶을 뛰어넘고 싶냐고 조용히 내게 속삭이는 듯했다. 너도 해보라고. 원하는 삶을 살고 싶거든, 남들이 가는 길 따라가기보다는 너의 길을 가라 했다. 높이 나는 새가 멀리 본다고 했다. 나도 멀리 날아 보고 싶고, 높이 날고 싶었다. 뭔지 모를 꿈틀거림이 몸 안에서 느껴졌다. 책을 읽으면서 밑줄도 긋고 소감도 적어 보았다. 잊고 있었던 꿈 한 조각이 다시 생각난 건 대학 졸업을 앞두고 있을 무렵 28살 2월에 읽었던 『갈매기의 꿈』 덕분이다.

"너 커서 뭐가 될래?" 어릴 적 동네 어른들이 자주 물었던 질문에 나는 "선생님이요."라고 말했다. 선생님이 되기 위해 어떤 노력이 뒤따라야 하고 절차가 필요한지 아무도 가르쳐 준 이가 없었으니 꿈은 꿈으로 끝났다. 기억조차 희미한 어릴 적 꿈이 다시 되살아난 건 20대 후반이었다. 어느 날 내게 기회가 왔다.

"언니, 독서 글짓기 학원 선생님 자리 하나 나왔는데 동기들이 싫디야. 언니가 면접 볼래?"

같은 과 동기 성은이에게 연락을 받았다. 면접 보기 전날 이력서를 써 두고 잠자리에 드는데 잠이 오지 않았다. 맞다. 캄캄한 방 천장 위에 둥둥 떠다니는 어릴 적 내 꿈이었던 선생님. 선생이 된다는 건 사범 대학이나 교육 대학에 들어가야만 되는 줄 알았다. 선생은 여러 종류의 직업을 통해서도 될 수 있다는 것을 모르고 있었다. 비록 학교 밖 선생님이지만 어릴 적 내 꿈을 이루는 일이었다.

무리 없이 학원 입사 절차는 치러졌고, 첫 직장 독서 글짓기 학원 수업을 시작했다. 오전에는 유치원 아이들 한글 수업을, 오후에는 초등 아이들 방과 후 글쓰기와 독서 수업을 했다. 오전에 하는 유아 한글 교육은 보육 교사의 일이나 다름없었다. 유아들을 2시에 하원 시키고, 잠깐 숨 한 번 돌릴 새도 없이 2시에 시작한 초등 아이들 글쓰기 교육은 6시까지 이어졌다. 그 이후 두세 명을 데리고 방과 후 학습 지도를 한 시간 했고, 7시 학원 수업 일정을 마치고 집으로 돌아오면 쓰러져서 잠들기에 바빴다.

겨우 1년 눈 딱 감고 인내심을 갖고 했던 일은 더하고 싶지 않았다. 종일 육체적, 정신적으로 피곤한 일이었다. 오전 오후 할 것 없이 숨 한번 제대로 쉬지 못하고 하루 종일 중노동이었다. 앞으로 무슨 일을 해야 할지 막막해서 룸메이트 유미랑 대학로로 바람 쐬러 갔던 길에 길거리 점을 봤다.

"교육 쪽에서 일하죠? 그거 천직이네. 물의 운을 가졌구먼. 29살에 남자 만나서 서른에 결혼하네."

재미 삼아 봤던 길거리 점은 그때는 그런가 보다 했다.

'고작 1년밖에 안 한 일인데 그 일이 천직이라고? 말도 안 돼. 만나는 남자도 없는데 올해 만난다고? 남자를? 그리고 내년에 결혼한다고? 쳇.'

점이라는 게 그런가 보다 넘겼고, 신경 꺼 두고 지냈다. 학원을 그만 두고 한 달 쉬고 있는데 그런데 신기하리만치 운명의 장난처럼 나는 독서, 글쓰기 전문 업체 〈글사임당〉 면접을 보게 되었다. 또다시 선생이라는 직업에 발을 딛게 된 것이다. 오전에 유치원 아이들 보육도 없었다. 그것부터가 마음에 쏙 들어 면접 보자마자 바로 그날 1박 워크숍을 충청도로 떠났다. 그렇게 시작한 일은 자그마치 5년간 하게 되었다.

교육뿐만 아니라 크고 작은 학부모와 아이들 문제로 해결해야 할 일들이 많았지만 모두 이겨냈다. 나보다 나이가 10살 이상 많은 학부모를 결혼도 안한 내가 상대해야 했지만, 보람된 일이었다. 희한하게 힘들 때마다 대학로 점쟁이 말이 떠올랐다.

'그래, 이 일이 나한테 천직이랬지? 천직인데 이런 것쯤이야. 이겨낼 줄 알아야지. 나중에 더 좋은 결과가 있을 거야.'

점쟁이 말이어서가 아니라 누군가 들려준 긍정의 힘이었을 것이다. 꿈을 그리면 그 꿈을 이루어 가는 동안 많은 꿈이 나타난다. 한 가지 꿈이 많은 꿈을 자라게 할 수도 있다. 하나하나 눈앞의 것부터 실현해 나가다 보면 언젠가 실현이 될 것이다. 어릴 적 선생님의 꿈 말고 40대부터 꿈꿔 왔던 작가는 현재 이렇게 책 쓰기를 하며 만들어 가고 있다. 혹시나 미루고 있는 꿈이 있지 않은가? 어릴 적 꿈이든 성인이 되어서 지금 현재 꾸고 있는 꿈이든. 꿈을 꿈으로 두지 말고 현실로 만들어 가 보면 어떨까? 우선 책부터 읽어 보자. 내 꿈과 맞닿은 성공한 사람들의 책부터.

4

동화책 읽는 엄마들 모임 아시나요?

지금이야 육아 정보는 널려 있어서 손가락 클릭 하나로도 좋은 정보를 얻어 낼 수 있다. 유튜브나 SNS 매체, 종류도 다양한 육아법이 서점에 널려 있다. 어디서든 마음만 먹으면 쉽게 육아, 교육 정보를 얻을 수 있으니 좋은 세상에 사는 건 맞다. 20년 전만 해도 좋은 정보 찾기가 쉽지 않았다. 그래서도 첫애 낳고 한 번도 해 보지 않았던 엄마 역할을 어떻게 해야 할지 몰라 여기저기 기웃거렸다.

20년 전 내가 얻어 낸 육아 정보는 독서 수업하는 아이 엄마들이었고 TV 매체였다. 평일 아침 EBS 부모 60분, 1시간 강의 듣기는 나의 하루 시작 루틴이었다. 강사들이 추천한 육아서도 읽고, 엄마로서 갖춰야 할 기본 지식을 틈틈이 익혀 갈 무렵, 질문을 해 보았다. 책 읽고 강의 듣고, 다 좋은데 방 안에서만 아이를 키울 수 없지 않은가? 애 있는 엄마들과 관계 맺고 지역 육아 정보라도 듣고 싶은데 어디를 가야 할까?

'어딜 가면 괜찮은 엄마들을 만날 수 있지?'

그때, 오래전 생각해 두었던 모임 하나가 떠올랐다. '동화 읽는 어른 모임'이다. 결혼 전 광명에서 아이들 독서 지도를 하고 있을 때였다. 광명시립도서관 어린이 자료실에서 동화 모임 회지를 발견한 것이다. 일주일에 한 번씩 어른들이 동화책을 읽고 모임을 한단다. 당시 독서학원에는 교사가 열다섯 명이었는데, 자유롭게 토론하는 책 모임이 없어 아쉬웠다. 대학 시절 책 읽고 토론했던 그때를 생각하니 책 모임 하는 단체가 좋아 보였다. 무엇보다 아이들 독서 지도에도 도움 될 것 같았다. 4일 동안 신입 교육이 있어 수료하고 모임이 시작되었다. 모임원 모두가 결혼한 주부들이었다. 동화책 읽고 토론하는 건 좋으나 당시 애가 없는 나로서는 공감하기가 힘들었다.

'훗날 애를 낳으면 다시 이 모임을 꼭 해야겠다.'

두세 번 모임에 나가고 아쉬움을 뒤로 한 채 접게 되었다. 그로부터 6년이 지난 뒤 큰아이 4살 때 다시 동화 읽는 어른 모임에 가입했다. 대학 시절 아동 문학 수업도 있었고 다양한 아동 독서 지도법 공부하며 동화책을 알아갔지만, 동화책의 매력은 알지 못했다. 특히나 한 권의 책을 읽고 함께 나눈다는 것, 그것은 행복 그 자체였다. 누군가 불행한 사람이 있다면 내 행복을 나눠 주고 싶을 정도였다. 그만큼 꽉 찬 행복이 모임을 할 때마다 더해 갔다.

아이를 잘 키워 보겠다고 찾아간 동화 읽는 모임은 덤으로 내 성장도 이룰 수 있어 좋았다. 대학 시절 읽었던 성인 문학 종류와는 차원이 다른 즐거움이 있었다. 아이들 독서 지도를 하는 나로서는 다양한 책 읽기로 지식을 익히며 토론까지 하니 일거양득이었다. 수업하는 아이들에게도 교사가 감동한 자신감 넘치는 책 선정으로 양질의 수업을 할 수 있어서도 좋았다. 일에서도 큰 도움이 되었지만, 무엇보다 내가 그토록 고민했던 어떻게 하면 아이를 잘 키울 수 있을까? 어딜 가면 괜찮은 엄마들을 만날 수 있을까? 이런 고민이 해결되었다.

모이는 사람들이 모두 독서에 관심이 있고 나처럼 아이 교육을 고민하다가 책이 답이라 생각하고 찾아온 엄마들이었다. 학교에서 학부모 독서회나 학교 책 읽어 주기 활동을 하는 분들도 많았다. 책 모임 말고도 아이들과 기행도 같이 가고, 도서관 행사 참여도 종종 하곤 했다. 엄마가 모임을 하기 위해서 도서관을 자주 가다 보니 동네 주변 도서관도 아이 손 잡고 자주 가게 되었다. 맹자 엄마가 아이의 교육을 위해서 이사를 세 번 했다는 이야기는 따라 할 만했다. 공간도 사람도 내 주변에 어떻게 채워지는지가 중요했다.

책과 함께하는 모임을 지속해서 하다 보니 모임원 한 명 한 명, 나를 비롯해서 모두 괜찮은 엄마가 되어 가고 있었다. 큰아이 4살 때 시작한 동화 모임은 7년 활동으로 끝을 맺었다. 지금도 가끔 생각나는 옛 모임이다. 처음으로 책 읽는 사람을 얻었던 그 시절을 종종 나는 생각한다.

입버릇처럼 나는 동화 모임은 엄마가 되기 위한 관문이라며 어린 자녀가 있는 엄마들에게 소개를 해 주고 있다. 지역마다 있으니 알아보고 동화 공부부터 해 보라며 지금도 여전히 조언한다. 오늘도 아이 키우기에 고민하는 엄마가 있다면 집 근처 도서관부터 문을 두들겨서 동화 모임이든, 성인 독서 모임이든 만나라. 그곳이 나를 키워주고 내 아이를 키워줄 곳이다. 현명한 엄마가 될 수 있는 엄마 학교가 될 것이다.

밥 짓는 법을 배우는 것처럼 '엄마 되는 법'을 배워야 한다는 말을 책에서 읽은 적이 있다. 엄마 되는 법을 익혀서 훈련하다 보면 아이 기르기가 훨씬 수월해진단다. 무엇보다 아이 보는 눈이 달라져서 아이랑 있는 것만으로도 행복해지고 육아가 식은 죽 먹기처럼 쉬워진다고 했다. 아이 어릴 때 읽었던 서형숙의 『엄마 학교』에서다.

아직도 나는 육아가 끝나지 않았다. 큰아이는 작년 9월 대학생이 되었다. 고등학교 1학년 때부터 도서관에서 진행되는 꿈 다락 프로그램으로 영상 공부를 시작했고 꿈을 찾았다. PD가 꿈이란다. 올해 고등학교 입학을 앞둔 작은 아이는 7개월째 날마다 운동 일기 쓰고 있다. 자신의 하루를 돌아볼 수 있어 좋다며 성찰하는 시간을 보낸다. 괜찮은 엄마가 되기 위해 공부했던 동화 모임 덕분에 건강하게 잘 커 준 아이들에게도 고맙다. 두 아이도 자신의 삶을 주제적으로 살날이 오겠지만 그때까지 곁에서 괜찮은 엄마, 좋은 엄마가 되어 가야겠다.

엄마 책 모임 운영 방법

1. 온라인이나 오프라인 모두 좋아요. 책 모임이 운영되고 있는 곳에 참여해
   도 좋고 직접 만들어 봐도 좋습니다.

2. 기왕이면 오프라인 책모임 만들기를 추천합니다. 자녀가 유아 시기라면
   집 근처 작은 도서관에서 만들면 좋아요. 사서나 도서관 관장님에게 부탁
   해 봐도 좋습니다. 꼭 도서관이 아니어도 좋고요. 또래 엄마들 중심으로
   교육에 관심이 있는 분들과 소소한 엄마 책 모임을 만들어 봅니다.

3. 조용한 카페에서 모여도 좋고, 집에서 진행하는 것도 괜찮다면 이것도 추
   천합니다.

4. 멤버들과 상의하에 일주일에 한 번 모일 것인지, 격주제로 월 2회 할 것인
   지, 아니면 한 달에 한 번 할 것인지 정합니다.

5. 정해졌다면 어떻게 책 모임을 진행할 것인지 상의합니다.

6. 유아 엄마들이라면 부모 교육서와 그림 동화 읽고 토론하기를 추천합니다.

7. 책 토론만 해도 좋지만, 아이들과 주말 체험 행사도 함께하면 좋습니다.

8. 지역 도서관 행사나 프로그램도 공유하고 독서 공동체에서 공부 공동체까지 동네에 괜찮은 엄마 공동제를 만늘어 보면 좋아요. 서로의 성장과 발전을 응원해 줍니다.

9. 엄마 책 모임은 멤버들끼리 차차 교육 품앗이를 하면 좋습니다.

가정의 운명까지도 바꾸는
독서의 힘

"엄마, 전 책을 읽으면 사람이 바뀌는 줄 몰랐어요. 그냥 좋아서 읽었는데 정말 삶이 바뀌어요?"

9년 전 큰아이가 초등학교 5학년 때 했던 말이다. 그때 잠들기 전 지그시 웃으며 북 멘토를 찾았다는 아이. 당시 아이가 찾았다는 북 멘토는 엄마인 '나'라고 했다.

"유찬아, 엄마가 어쩌면 이 책의 주인공인지도 몰라. 엄마도 그랬거든. 책을 알기 전 26살 이전의 삶과 이후의 삶이 엄청나게 달라졌어. 책열심히 읽었더니 이렇게 됐잖아. 이 책 작가도 마찬가지야. 책을 읽고 작가도 자신의 삶이 달라진 거야."

4살 때부터 그림 그리기를 좋아하는 큰아이는 21살인 된 지금도 드로잉 노트에 그림을 그린다. 일기 쓰기와 독서도 꾸준히 이어 가면서 성장했다. 최근에는 또 다른 취미로 합창단 활동을 오래 한 덕분인지 음악 cd 모으기를 한다. 종종 음악을 들으며 그림도 그리고 독서도 한다. 앞으로 PD가 되겠다며 다큐 영상 공부도 틈틈이 하고 있다. 최근에는 두 달간 일주일에 한 번 미디어 센터에 가서 저녁 세 시간 동안 둘이 다큐 영상 공부를 했다. 각자 다큐 영상 제작을 해야 하는 과제물 덕에 의견을 나누는 시간이 많다 보니 서로를 더 알아 갔다. 인스타 라이브 방송으로 한 달에 한 번 '책 육아 20년' 주제로 책 이야기 마당도 열고 있다. 생각보다 재미있다고 하니 그저 고맙다. 9년 전 아이가 지목했던 북 멘토 역할을 잘하고 있는 셈이다.

남편과 내가 읽었던 『독서 천재 홍 대리』는 초등학교 5학년 때 큰아이도 읽게 되었다. 엄마, 아빠가 책을 읽는 모습을 옆에서 지켜보던 아이는 자기도 읽고 싶다 했다. 홍 대리 책을 접하기 전에는 나도 독서가 변화를 꿈꾸는 사람들에게 도움이 된다는 것까지는 몰랐다. 그저 책은 지식을 채워 주고 마음 닦는 것으로만 생각했다. 당시만 해도 주변에 책을 읽고 내 삶이 달라졌다는 사람들을 본 적이 없어서다. 일단 책 읽는 사람들이 주변에 많지 않았다.

『독서 천재 홍 대리』는 작가 이지성을 만나 삶이 바뀐 정회일, 두 사람의 인생 역전 독서 이야기다. 이지성 작가의 『리딩으로 리드하라』를 먼저 읽고 『독서 천재 홍 대리』를 연이어 읽게 되었다. 『리딩으로 리드하라』는 2010년 출간되어 '대한민국에 인문학 열풍을 불러온 책'이었다. 부모와 교사 사이에 인문 고전 독서 교육 열풍을 일으켰던 책, 그 당시 이 책을 읽지 않았다면 지금의 나는 어땠을까?

이 책에서 내가 눈여겨본 부분은 독서로 개인, 가문, 나라의 운명까지도 바꿀 수 있다는 대목이었다. 인문 고전으로 내 운명과 내 가정의 운명을 바꿀 수 있다고? 진짜 바꿀 수 있을까? 작가의 말을 믿고 나도 한번 따라 해 보자고, 그때부터 치열한 생존 독서를 시작했다. 그때의 독서는 생존하기 위한 독서였다.

치열한 독서를 했던 시간은 주로 밤이었다. 아이들 수업을 마치고 집에 오면 저녁 7시가 된다. 두 아이를 저녁 먹이고 일기 쓰기며 잠자리 독서로 재우면 10시에서 11시가 된다. 온전히 나를 위한 시간은 그때부터다. 밤 1시고 2시고 새벽까지 책을 읽고 잠을 잤다. 주로 읽었던 책은 육아서나 동화, 문학을 벗어나서 자기계발서나 인문학 서적이었다. 이지성의 『리딩으로 리드하라』에서 추천한 책은 거의 읽었다. 훗날 논어 7권을 필사하게 된 계기도 이 책에서 논어의 중요성을 강조했기에 시작했다. 책 읽고 나서 어떻게 하면 머릿속에 남길 수 있을까? 책 요약도 그때부터 시작했다. 그렇게 한 권 두 권 책을 요약한 노트가 지금 20권을 넘었다.

기왕이면 가족 모두가 책 읽는 사람이 되었으면 해서 '책 읽는 우리 가족'으로 가훈도 만들었다. 거실 한쪽 공간에는 '책과 노니는 집' 나무로 된 현판을 걸어 두고 우리 집만의 북 카페도 만들었다. '책 읽는 우리 가족' 붓글씨로 쓰인 가훈이 적힌 족자도 한쪽에 걸려 있고 현관에는 '책 읽는 우리 가족' 스티커도 붙여 두었다. 시각적으로라도 우리 가족이 어떤 가족인지 늘 보이는 곳에 배치해 두었더니 효과 만점이었다. 가훈이나 현판을 보면 볼수록 신기하게도 독서를 더 하고 싶어진다. 시각적 효과다. 남편은 출근 전 새벽 독서를 7년째 했다. 요즘은 주말과 휴일을 이용한 독서를 한다.

"새벽에 읽었던 책 좀 더 읽으려고 퇴근도 빨리했어."

7년 전만 해도 집에 오면 TV를 끼고 산 남편이다. 퇴근하면 연예 프로 시청이 '삶의 낙'이라 했던 사람이 '북새통'이라는 회사 책 모임을 만나고부터 불이 붙었다. 남편까지 책을 읽으니 대화의 폭도 넓어졌다.

"본질에 관해서 얘기했던 부분 말이야."

『여덟 단어』를 읽고 남편과 나눴던 이야기다. 부부의 대화라고 해 봐야 아이들 이야기나 각자 하는 일에 대한 것 말고는 딱히 없었다. 단조롭기만 했던 부부의 대화가 책을 읽으면 읽을수록 풍성해지기 시작했다. 가족 책 모임과 독서 발표회도 열어 보았다. 각자가 읽을 책 한 권씩 여행 가방에 챙기고 캠핑 독서도 7년간 해 보았다. 캠핑 독서는 주로 오전에 아침 먹고 점심 먹기 전까지 각자 책을 읽고 이야기를 나눈다. 오후에는 여행지 박물관이나, 미술관, 기념관을 다녀온다. 저녁을 먹고 모닥불에 둘러앉아 오전에 읽었던 각자 책에 대해서 못다 나눈 서로의 이야기를 또다시 대화로 풀어나간다. 이번 가족 여행은 통영으로 갔고, 박경리 문학관과 통영 예술가들의 기념관을 몇 군데 다녀왔다.

"인문 고전 독서는 나라와 가문과 개인에게 지대한 영향을 미친다.
아니 나라와 가문과 개인의 운명을 결정짓는다."

-이지성, 『리딩으로 리드하라』

세상을 지배하는 0.1%의 인문 고전 독서법으로 운명까지 바꿀 수 있다는 『리딩으로 리드하라』 작가의 말을 착실하게 잘 따라오길 잘했다. 인문 고전 독서는 가문과 개인에게 지대한 영향을 미친다는 걸 몸소 체감하는 중이다. 아직도 진행 중이어서 나라와 세계의 역사까지 바꿀 수 있는 위대한 일을 할지는 모르겠지만 대한민국 가정 독서 혁명을 외치며 엄마들의 성장을 돕고 있다. 두 아이는 사춘기 시절 우여곡절은 있었지만, 가족 간 소통의 시간을 가지며 한층 성숙한 인간으로 자라나고 있다. 책 읽고 토론하는 가정, 인문학적으로 성숙해 가는 가정을 만드는 일이 내 아이에게 물려줄 유산 만들기라 생각하며 이어 왔던 일을 지속해 나갈 것이다. 앞으로 우리 가정의 운명이 어떻게 만들어질지 기대가 된다.

캠핑 독서를 하는 우리 가족 모습을 큰아이가 그린 그림

우리 집 서유당 북카페가 있는 거실

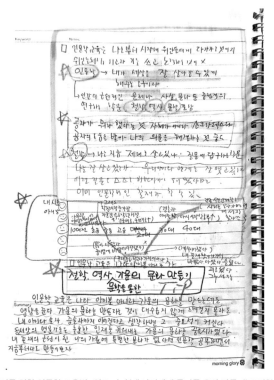

『내 아이를 위한 인문학 교육법』 읽고 나서 '내 아이에게 물려줄 유산 만들기' 고민한 흔적

나는 읽고 쓰고 기록한다

6

씨앗 독서로
시작하는 자기 혁명

나라는 사람은 원래 저녁형 인간이었다. 늦게 일어나고 밤늦게까지 뭔가를 꼼지락거리는 걸 좋아한다. 그렇게 사는 게 나에게 맞는 맞춤형 생활 방식이라고 살아왔다. 그런 내게 잔잔한 삶의 파도를 일으켜 주었던 인생 책, 두 권을 만났다. 10년 전 읽었던 『시골 의사 박경철의 자기혁명』과 뒤이어 읽은 할 엘로드의 『미라클 모닝』 두 권의 책은 내게 씨앗 독서다. 씨앗 독서란 성장의 밑거름이 될 만한 씨앗을 제공하는 책을 말한다.

『시골 의사 박경철의 자기혁명』은 지금껏 여섯 번, 『미라클 모닝』은 아홉 번을 읽었다. 마음 상태가 바닥 아래로 무너질 때마다 일으켜 세우기에 좋은 책이라서 여러 번 읽게 되었다. 많이 읽었다는 것은 그만큼 쓰러졌던 적이 많았다는 뜻일 수도 있다. 『시골의사 박경철의 자기혁명』을 여러 번 읽으며 눈에 들어온 부분은 나쁜 습관을 버리는 데서부터 시작하자. 자신의 장단점 10가지씩 적어 보라였다. 청년들을 만나고 고민 상담할 때 가장 먼저 장단점 적기부터 한다는 박경철 작가. 놀랍게도 몇 달 지나고 다시 만나 자신의 장단점 적기를 하면 단점 숫자만큼 장점이 늘어나서 그 수가 비슷해진다고 했다. 단점을 고치도록 노력하고 줄이다 보면, 자신감이 생긴단다. '내가 이런 것도 할 수 있네.' 하며 자기 확신이 생기게 된다는 것. 여기서 핵심은 내일부터 무언가를 하겠다가 아니라 내일부터 무언가를 하지 않겠다고 하는 것이다.

'늦잠 자는 것, 늦게 자고 늦게 일어나는 것'

내가 고쳐 나가야 할 최대의 단점이자 하지 않아야 할 것이었다. 주로 오후에 아이들 수업을 하다 보니 일찍 일어날 이유가 없었다. 습관적으로 늦게 자고 아침 늦게 일어났다. 엄마가 늦게 자니 아이 잠자리도 항상 늦었다. 밤 10시에는 자 둬야 성장기 아이들에게 좋다는데 아이도 11시 넘어 잠자리에 들었다. 큰아이 초등학교 입학을 시작으로 나의 단점은 점점 수면 위로 떠올랐다.

"빨리빨리, 빨리 일어나서 세수하고 밥 먹고."

아침마다 나는 빨리 빨리라는 말이 입에서 떠나지 않았다. 아이도 늦은 기상이라 밥을 먹는 둥 마는 둥 후다닥 씻고 엄마인 나는 부랴부랴 학교로 쫓기 바빴다. 그렇게 큰아이의 등굣길 전쟁은 아침마다 찌뿌둥하게 시작되었다.

'매일 아침 이렇게 학교를 보내는 게 아닌데.'

어디서부터 어떻게 해야 할지 답답하기만 했다. 그러던 중 『시골 의사 박경철의 자기혁명』을 다섯 번 읽으면서 내게 말을 걸었다.
'고쳐야 한다고 고쳐 나가야 한다고, 일찍 자고 일찍 일어나는 기상을 해야 한다고.'

왠지 이런 나쁜 습관을 평생 고치지 않으면 아이와 나에게 훗날 좋지 않은 일이 일어날 거라는 기분 나쁜 상상도 하게 되었다. 결정적으로 나의 단점을 바꿔야 할 강력한 책, 할 엘로드의 『미라클 모닝』을 만났다.

> "우리는 기회와 자원이 흘러넘치는 풍요로운 시대에 살고 있지만 저마다 가진 무한한 가능성을 피워 볼 생각도 않고 그저 평범한 삶에 안주한다."
>
> -할 엘로드, 『미라클 모닝』

육체적, 지적, 감정적, 영적 부분을 강화하며 삶의 질을 높이면 평범한 삶을 구원할 수 있다고 했다. 삶을 바꾸면 상황이 바뀐다는 말은 강력한 메시지로 내게 전달이 되었다.

책에서는 당신의 삶을 바꿀 수 있는 일은 매일 아침 6분이면 충분하다고 했다. 겨우겨우 8시 일어나는 사람인데 6시에 일어나는 건, 이건 꿈만 같은 새벽 기상이었다. 10년 된 책 모임에서도 토론을 마치고 함께 미라클 모닝을 해 보자고 말을 던졌다. 6시 기상하고는 싶지만, 함께하면 나도 가능할 것 같아 제안했더니 다들 기겁하였다. 책 읽은 감동이 좋았기에 남편에게도 읽어보라고 툭 건넸다. 그런데 남편에게서 기적이 일어났다. 6시 기상해서 회사 출근하기도 바쁜 사람이 5시 30분 기상에 책 읽기를 하는 것이 아닌가? 주변에서 그 아무도 해내지 못한 일을 남편이 하루하루 해내는 것이 아닌가?

"책을 더 읽고 싶었는데 이 책에서 그러잖아. 20분만 일찍 일어나서 하루에 10쪽 읽기만 하더라도 1년이면 3,650쪽을 읽게 된대. 200쪽짜리 18권이라고 하는데 한번 해 보려고. 매일 10쪽 읽고 18권 읽으면 그게 어디야?"

남편은 책을 더 읽고 싶은 마음에 30분 당겨서 미라클 모닝을 시작해 보겠다고 했다. 말은 그렇게 했지만, 담배 끊기를 몇 번이나 실패한 남편을 보았기에 저러다 말겠지 했다. 설마 했던 일이 일어났다. 남편의 5시 반 새벽 독서는 매일 같이 이뤄졌다. 남편의 새벽 기상이 궁금해서도 나는 6시 알람을 맞추고 일어났고, 오늘도 일어났을까? 목격하는 일도 상당히 흥미로웠다.

양반다리하고 거실 탁자에 다소곳이 앉아서 책 읽기를 하는 남편. 결혼해서 아침밥 먹고 출근하는 게 소원이었던 남편은 나의 미라클 모닝 덕분에 아침밥도 먹게 되었다. 다른 일도 아니고 새벽 책 읽겠다고 일찍 일어나는 남편을 두고 늦잠을 잘 수가 없었다. 나도 꾸역꾸역 일어났다. 밥을 차려 주고 나서는 잠을 쫓기 위해 밖으로 나가 동네 산책하며 걷기와 자전거를 탔다. 동네 구석구석, 같은 곳을 다니기보다 다양한 곳을 누비며 이른 아침 시간을 보냈다. 이른 아침을 맞이한 사람들의 사는 모습이 보였고, 자연이 보였다.

나무마다 새순이 언제 나오는지, 꽃은 언제 피고 지는지를 관찰했고 꽃 냄새도 맡아 보았다. 길바닥의 개미와 공 벌레, 비 오는 날은 달팽이와 지렁이도 만났다. 굴포천 거닐며 여름 장마철 맹꽁이도 만나러 갔다. 맹꽁이는 장마철에 짝짓기하기 위해 땅 위로 올라온다는 것도 그때 알았다. 집에 들어와서 아침 산책길에 만난 자연 일기, 절기 일기도 써 봤다. 나는 절대 안 되는 사람이라고 단정지었는데, 새벽 혁명을 통해 자기 혁명은 시작이 되었다.

"상게으름뱅이였던 제가 새벽 기상하며 개과천선했어요. 나 같은 사람도 이렇게 할 수 있는데 모두 할 수 있답니다."

상게으름뱅이였던 내가 새벽 기상을 이어온 지 어느새 8년째가 되었다. 재작년 1월부터는 새벽 챌린지 리더 활동도 하고 있다. 『미라클 모닝』을 읽고 하루 10쪽 읽기를 한 남편. 매일 이런 쪽독서를 한다면 1년이면 18권을 읽을 수 있다는 믿음 하나로 남편은 8년 동안 많은 책을 읽어 냈다. 2016년 총 14권, 2017년 총 20권, 2018년 총 42권, 2019년 총 43권, 2020년 총 35권. 6년 동안 남편의 책 읽기 결산을 해 보니 총 194권이었다. 첫해는 새벽 독서만 했는데 해가 바뀔수록 독서 시간을 늘렸다. 주말 독서, 휴일 독서, 최근엔 집 근처 센터로 출근 독서, 퇴근 독서도 종종 하고 있다.

『시골 의사 박경철 작가의 자기혁명』에서 '당신의 단점을 고쳐 보세요.'라는 조언을 귀담아듣지 않았더라면 나는 미라클 모닝도 남의 일로 여겼을 것이다. 미라클 모닝이라는 극적인 변화를 시작 안 했더라면 수천 권의 독서를 해 보지 못했을 것이다. 22권이 된 독서 정리 노트는 절대 나오지 않았을 것이다. 새벽 기상을 했기에 읽고 쓰고 기록했던 기록

물도 만들어졌다. 남편까지 독서하는 '책 읽는 우리 가족'도 만들지 못했을 것이다.

믿었던 모든 것을 버릴 수 있는 자만이 탈출을 꿈꿀 수 있다고 한다. 새벽 공기는 다르다. 새벽 마음은 다르다. 새벽 독서는 다르다. 새벽 글쓰기는 다르다. 새벽 기록은 다르다. 새벽 시간은 거짓말처럼 당신의 삶에 기적을 선물할 것이다.

씨앗 독서 『시골 의사 박경철 작가의 자기혁명』을 읽고 나의 장점과 단점을 적어보고 고쳐 나간 일은 나쁜 습관 고치기. 새벽 기상은 이렇게 나를 탐구하면서 시작되었다.

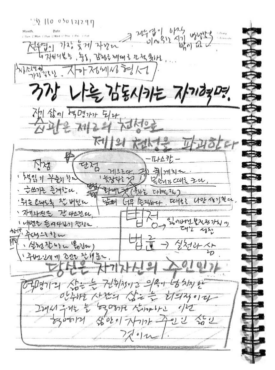

2017년 책을 읽고 요약 정리한 노트

나는 읽고 쓰고 기록한다

자기 혁명

자기 혁명은 자신의 장점을 지키는 것도 중요하지만 단점을 고쳐 나가는 것이 더 중요하다.

1. 자신의 장점을 쓸 수 있는 만큼 적어 보세요. 가족이나 지인에게도 나의 장점을 써 주라고 부탁해 보세요.

2. 자신의 단점을 쓸 수 있는 만큼 적어 보세요. 가족이나 지인에게도 나의 단점을 써 달라고 부탁해 보세요.

3. 종이 위에 쓴 장단점은 자주 볼 수 있게 책상 위에 붙여 두거나 자주 펼쳐 보는 수첩 맨 앞에 붙여 두고 하나씩 고쳐 나가 보세요. 장점은 쭉 이어가고, 단점은 하나씩 고쳐 나가 보세요. 단점은 한꺼번에 고칠 수 없으니 하나씩 고쳐 봅니다. 100일 동안 단점 하나씩 고쳐 나가기 실천해 보세요. (예: 정리를 잘 못하는 나, 방 청소부터 잘해 보자고 한다면 방 청소하기를 100일간 실천합니다.)

4. 100일간 단점 고치기 실천을 했다면 자신에게 주는 작은 선물을 해 보세요.

5. 100일간 실천한 단점 고치기는 그 이후에도 유지하고, 그다음 단점 고치
   기를 이어 나가면 됩니다. 자신의 단점 고치기를 하나씩 정복하다 보면
   스스로 자신감이 생기고, 자기 믿음이 생깁니다.

2장

읽는 법

당신의 인생을 바꾸는 책 읽기

"신비로운 세계가 펼쳐지는 그 문턱,

부디 건너는 데 망설이지 말고 두려워하지 않았으면 한다.

더 즐겁게, 더 많이 읽을 수 있는 책 읽는 대한민국을 꿈꿔 본다."

1

책 읽지 않는 사회에서
책 읽는 법

'엄마 독서 경영'이라는 주제로 책 육아 엄마들을 위한 독서 특강 제안이 들어왔다. 책 태교부터 책 육아 20년 나의 경험을 책으로 육아하는 엄마들에게 강의해 달라는 것이다.

독서 특강을 열기 전에 수강 신청한 분들이 어떤 것을 궁금해하나 조사를 했더니 이런 질문이 쏟아졌다.

"독서를 하라고 강요할 수는 없지만, 조금이라도 관심을 가지면 좋겠다는 생각이 들어요. 독서에 흥미를 느낄 수 있도록 건드려 줄 수 있는 팁이 있을까요?"

"분위기를 잡으려고 해도 독서에 관심이 없어서 매번 실패하네요. 쉽게 다가갈 수 있는 방법이 있을까요?"

"아이가 책에 흥미를 갖게 하려면 특별한 비법이 있을까요?"

주변을 둘러보자. 책을 읽는 사람들이 얼마나 있는가? 어쩌면 우리가 책을 읽지 않고 좋아하지 않는 이유는 주변에 책을 읽는 사람이 별로 없기 때문이 아닐까? 아이가 책을 읽지 않는다고 탓할 것이 아니라 아이가 처한 독서 환경을 점검해 보자.

EBS에서 10부작으로 〈책맹 인류〉 다큐멘터리를 방영한 적이 있다. 2021년 독서 진흥에 관한 연차보고로 2017년 기준 1년간 책을 한 권도 읽지 않는 성인이 52.5%에 달한다고 한다. 아이들 또한 스마트폰 이용과 학업과 독서 습관 부족으로 인해 점점 책과 멀어진 삶을 살고 있다. 읽을 수 있는 능력은 있지만, 책을 읽지 않는 사람을 책맹이라고 한다. 한때 나도 책맹이었던 시절이 있었다. 남편도 마찬가지다. 하지만 책맹을 넘어서 현재는 아이, 남편까지 온 가족이 책을 읽고 토론까지 하고 있다. 물론 짧은 시간에 만들어진 것은 아니다. 책 읽지 않는 사회에서 책 읽는 방법, 아이든 어른이든 책맹 탈출하는 방법, 가장 쉬운 방법은 도서관과 친해지기다.

기왕이면 집 근처 가까운 도서관부터 가 보면 좋다. 요즘에는 마음만 먹으면 그리 멀리 가지 않아도 집 주변으로 크든 작든 도서관이 있다. 도서관이라는 공간은 부모인 내가 익숙해져야 한다. 부모부터 공간이 낯설면 아이에게도 안내해 줄 수 없다. 실은 나도 유아, 초중고 시절 도서관과는 거리가 먼 사람이었다. 26살 대학 입학을 하고 과제를 하기 위해서 도서관을 드나들면서 독서를 시작했다. 도서관을 자주 가다 보니 모두가 공부하고 책 읽는 분위기여서 독서를 안 할 수가 없었다.

어떤 공간을 자주 이용하느냐에 따라 얼마든지 우리는 달라질 수 있다. 아이들도 수시로 도서관 나들이를 하다 보면 공간과 친해지게 된다. 도서관이라는 공간과 친해진다는 건 언젠가는 책도 좋아지게 된다는 것이다. 설령 도서관에 가서 엄마가 원하는 대로 아이가 책을 들여다보지 않더라도, 책 냄새만 맡고 왔다 해도 의미 있는 일이다. 독서의 시작은 그렇게 하는 것이다.

"어머님들, 아이들 놀더라도 도서관에서 놀게 해 주세요."

종종 수업하는 엄마들에게 하는 말이다. 도서관은 책도 있지만 좋은 교육 프로그램도 있다. 도서관을 자주 가다 보면 아이나 성인 교육 프로그램도 눈에 띌 것이다. 도서관에서는 생각보다 다양한 활동이 있다. 교육 프로그램 뿐만 아니라 음악회도 있고 영화 관람을 열어 주기도 한다. 도서관마다 특색이 있으니 집 주변 말고 근거리 또 다른 곳을 가 봐도 좋다.

어느 날 책 모임도 참여할 수 있겠고 작가와의 만남이나 책 쓰기 공저 프로젝트도 만날 수 있다. 요즘엔 글쓰기 프로그램을 여는 도서관도 늘어나고 있으니 글쓰기에 관심 있는 사람들은 눈여겨봐도 좋겠다. 3년 동안 나는 도서관 공저 프로그램으로 5권의 책을 출간하였고, 올해 도서관 프로그램으로 개인 저서 출판도 하였다.

큰아이는 초등 시절 내내 집 앞 도서관에서 학원 일정표 대신 방과 후 시간을 보내며 지냈다. 집에 없는 어린이 잡지도 매달 읽을 수 있으니 이 또한 좋았다. 고등학교 1학년 때는 도서관에서 진행하는 토요 꿈다락 프로그램으로 8개월 다큐 영상 교육을 받고 아이의 새로운 꿈도 생겼다.

"엄마, 나 PD가 될래요."

17살 가을 다큐 영상 제작 발표회를 마치고 했던 말이다. 큰아이는 현재 21살 대학생이고 PD의 꿈을 향해 미디어 센터에서 종종 공부를 한다. 최근엔 영상 제작 아르바이트도 했다. PD가 되겠다는 아이의 꿈, 작가가 되겠다는 엄마의 꿈, 모두 도서관에서 이루어졌다.

미국 44대 대통령 버락 오바마는 도서관에 대해서 이렇게 말했다.

"도서관은 책과 데이터를 소장한 건물이라는 인식을 넘어 더 큰 세상
을 향해 열려 있는 창을 상징한다. 우리가 아이들에게 신비한 도서관
의 문턱을 넘어가도록 아이들을 설득하는 순간, 우리는 아이들의 삶
을 훨씬 나은 것으로 오래도록 바꿀 수 있다. 미국 맨해튼 도서관이
아니었으면 오늘의 오바마는 없었을 것이다."

책 읽기가 안 된다, 흥미가 없다, 안 되나 보다 하지 말고 집 근처 동
네 도서관 이용이 답이다. 신비로운 세계가 펼쳐지는 그 문턱, 부디 건
너는데 망설이지 말고 두려워하지 않았으면 한다. 더 즐겁게, 더 많이
읽을 수 있는 책 읽는 대한민국을 꿈꿔 본다.

2

아주 작은 습관으로
독서 근력 키우기

"꾸준하게 독서가 안 돼요. 어떻게 하면 독서 습관이 만들어질까요?"

독서 상담을 하다 보면 이런 질문을 하는 사람들이 참 많다. 아이든 어른이든 독서 습관은 꾸준한 독서를 이어 가는 원동력이다. 아이는 독서를 통한 경험으로 언어 능력뿐만 아니라 사고력 발달과 학습에 도움을 받을 수 있다. 성인의 독서는 삶의 지혜를 구하고, 스트레스 해소 및 정서적 안정을 준다. 그뿐이랴? 독서를 통해 새로운 어휘와 표현 능력이 길러지고 타인과의 대화나 토론에서 풍부한 자신의 의견을 말할 수 있다. 좋은 점이 이렇게 많은데 독서를 안 할 수 없다. 최근 60대 이후 인생 2막을 위해 주로 찾는 자기 계발 중 하나, 책을 읽는 분들이 온라인 상에서 늘어나고 있다. 이러한 현상은 독서의 힘과 지속적인 학습의 중요성을 알아가는 사람이 증가하고 있다고 볼 수 있겠다. 아이, 어른 할 것 없이 독서에 흥미를 잃지 않고 독서 습관을 만드는 일은 무척 중요하다. 26년째 꾸준한 독서를 하는 사람으로 독서 습관 만들기는 독서 근력 키우기부터 시작하라고 말하고 싶다.

독서 근력이란 말을 들어본 적이 있는가? 독서도 근력이 필요하다. 책을 읽는 힘 말이다. 몸을 움직이는 힘을 체력이라 한다. 체력이 있어야 신체가 건강하듯 독서도 독서 근력을 키워가야 꾸준한 독서 습관이 만들어진다.

> "성공은 일상적인 습관의 결과다. 우리의 삶은 한순간의 변화로 만들어지는 것이 아니다. 거대한 사건은 모두 작은 시작에서 비롯된다."
>
> -제임스클리어, 『아주 작은 습관의 힘』

독서 습관을 만들기 위한 독서 근력은 어떻게 키워볼 수 있을까? 제임스 클리어의 『아주 작은 습관의 힘』에서 찾았다. 작은 습관은 시간이 갈수록 커진다. 『아주 작은 습관의 힘』에서는 매일 1%씩 실천해 간다면 37배가 성장한다고 한다. 우리는 무언가 습관을 만들 때 처음부터 엄청난 시간과 힘을 써야 한다고 생각한다. 어떤가? 매일 1%만 해도 된다고 하니 해 볼 만하지 않는가? 매일 1%? 아니, 그렇게 조금 해서 뭐가 되겠어? 할 수도 있겠다.

실제 『아주 작은 습관의 힘』에서 말하는 매일 1%씩 성장해 보자는 마음으로 실천한 일들이 나는 꽤 있다. 일단 독서 근력을 만들기 위한 아주 작은 습관이다. 계획을 잘게 쪼개기가 첫 번째다. 재작년 5월부터 작년 5월까지 독서 챌린지를 진행했다. 챌린지명은 1년 100권 챌린지다.

'아휴 어떻게 1년 100권을 읽어요. 겨우 50권 읽을까 말까 할 텐데요.' 했던 분들이 의외의 결과를 만들었다. 100권 읽기에 도달한 분들이 생각보다 많아서 놀랐다. 한 달에 4~5권 겨우 읽던 분이 20권을 읽기도 했다. 한 달간 말이다. 매일 1%만 성장해 보자 책 읽은 사진을 단톡방에 인증했던 것도 목표 달성에 한몫했다.

1년 100권을 읽는다고 하면 대개 겁부터 먹는다. 꼭 100권이 아니어도 본인 스스로 목표 권수를 정해 보자고 했다. 누구는 100권이지만 누구는 40권, 50권, 60권으로 정했다. 그렇게 읽으려면 월별 읽어야 할 권수가 나온다. 월별 목표 권수는 다시 주간 독서 계획으로 잘게 쪼개면 된다. 주간 독서계획은 무슨 요일 몇 시 어디서 읽을 건지 잘게 쪼개면 실천 가능성이 더 크다. 그렇게 계획했던 독서 목표는 그 이상을 읽어낼 수도 있다.

우리는 독서를 한다고 하면 많은 시간을 들여야 하는 일이라 생각한다. 그렇게 해 보면야 좋겠지만 일과 가정, 내 삶 챙기기에도 바쁜 현대

인들이 장시간 독서하기란 쉽지 않다. 1% 매일 독서 습관 장치, 쪽독서라고 부르며 단 10분이라도 읽어 보기로 했다. 매일 쪽독서는 1년 100권 읽기의 기적을 만들었다.

쪽독서는 하루 5분만 독서하기, 10분만 독서하기다. 쪽독서는 훗날 하루 1시간, 2시간 독서도 가능하게 만들어 준다. 바로 이것이다. 매일 1% 성장하기, 하루 5분 10분 독서가 훗날 장시간 책 읽는 힘을 만들어 준다. 장시간 독서는 지구력이 있어야 한다. 근력이 있어야 가능한 일이다. 궁둥이 붙이고 읽어 낼 수 있는 엉덩이 힘이 있어야 독서도 장시간 할 수 있다. 독서 말고도 공부 습관, 운동 습관도 기타 여러 가지 습관 만들기는 이 원리에 대입하면 답이 나온다.

"지하철에서 쪽독서해요. 버스에서 쪽독서해요. 친구 만나러 왔다가 일찍 도착해서 쪽독서해요. 잠자기 전 10분 쪽독서하고 자요." 하는 단톡방 인증 글들.

"이렇게 독서해도 충분히 책 한 권이 읽히네요." 하는 분들의 얘기를 들을 수 있었다. 쪽독서의 시작은 남편을 통해 알게 되었다. 할 엘로드의 『미라클 모닝』에서 하루 10분만 독서해도 1년이면 17권을 읽는다는 문구를 읽고 남편은 새벽 독서를 실천했다. 출근 전 30분 먼저 일어나서

10분 스트레칭을 하고, 10분 독서했던 일은 1년이 지난 후 48권을 읽어 냈다. 그전에는 1년에 한두 권 읽을까 말까 할 정도의 독서 수준이었다.

남편은 책을 읽고 싶었지만 읽을 시간이 없어 포기하기 일쑤였다. 방법을 찾아낸 것이 매일 출근 전 10분 독서였다. 남편의 10분 새벽 독서는 퇴근해서도 이어졌다. 아침에 읽다가 접어둔 책, 뒷이야기가 궁금해서 일찍 퇴근한 적도 있었다. 남편은 주말과 휴일에도 TV 대신에 독서하는 삶을 살고 있다. 요즘엔 주말과 휴일에 남편과 함께 집 앞에 있는 카페에 가서 3시간 넘게 책도 읽고 일상을 나누다 온다.

쪽독서 훈련이야말로 훗날 몇 시간이고 책을 읽어낼 수 있는 독서 근력을 만들어 준다. 지금 당장 할 수 있는 아주 작은 습관 만들기로 매일 10분 독서부터 시작해 보자. 스스로 독서 근력을 만들자. 훗날 나를 인생의 나락에서 구해 준 아주 작은 습관은 독서였어요. 하는 날이 올 것이다. 작은 습관 하나로 인생을 변화시킬 독서 근력 키우기로 지금보다 나은 삶을 살 수 있으리라는 희망을 전해 본다.

나는 읽고 쓰고 기록한다

1년 100권 챌린지 독서 모임 운영

1. 1년 100권 챌린지를 왜 운영하고 싶은지, 어떻게 운영할 것인지 먼저 생각해 봅니다. 생각보다 1년이라는 시간은 꽤 길어요. 목적이 명확하지 않으면 리더가 중도에 포기할 수 있습니다.

2. 운영의 목적과 방향이 정해졌다면 책을 읽고 싶은 누군가와 함께할 수 있는 1년 100권 챌린지 오픈 채팅방을 만듭니다.

3. 인스타와 블로그에 '1년 100권 읽기 쪽독서로 성공하실 분 함께해요.'라고 모집해 보세요. 주변에 책 읽고 싶은 사람들도 함께하자고 추천해 봅니다. 진행하다 보면 같이 하겠다는 사람들이 생기기도 합니다.

4. 챌린지 방법을 채팅방 공지 사항에 올려둡니다.
   "사진 인증만 하지 말고 쪽독서한 소감 한 줄이라도 톡방에 올려 봐요."라고 안내합니다.
   (예: 매일 쪽독서했다는 사진 인증은 필수, 한 달에 한 번 줌 미팅 필수입니다.)

5. 한 달에 한 번 줌 미팅은 꼭 합니다. 한 명씩 돌아가며 한 달 동안 어떤 책을 읽었고, 어떤 책이 좋았는지 책 읽기 했던 시간을 발표합니다.

6. 1년은 무척 길어요. 상황에 따라 6개월에 한 번이라도 오프 모임을 가지면 좋습니다. 1년 챌린지를 마치면 멤버들과 문학 기행을 가도 좋습니다.

7. 멤비들이 북리스트앱으로 매달 독서 기록을 할 수 있게 도와줍니다.

26년 차 독서 지도사의 *TIP*

매일 쪽독서하며 1년 100권 읽기

1. 1년에 몇 권을 읽을 것인지 정하고 매월, 매주 몇 권의 도서를 읽어야 하는
   지 계획을 세웁니다. 매일 읽어야 할 시간을 정해 봅니다.

2. 1년 100권 챌린지 독서 습관 만들기 가장 좋은 방법은 항상 사용하는 가방
   에 책을 챙겨 다니는 것입니다.

3. 아침에 집을 나설 때 책이 가방에 들어 있는지 꼭 확인합니다.

4. 어디서라도 단 5분이라도 책 읽을 수 있는 시간을 만듭니다.
   5분, 10분 쪽독서는 독서 습관 만들기입니다.

5. 매일 정해 놓은 독서를 했는지 자기 전 점검합니다. 만약 정해진 독서량을
   채우지 않았다면 자기 전 실천합니다.

6. 그때그때 북리스트 앱에 읽은 도서를 저장합니다.

7. 매달 마지막 날 독서 피드백을 합니다. 체크한 달에 계획대로 책을 읽지 못했다면 다음 달에 채워 가면 됩니다.

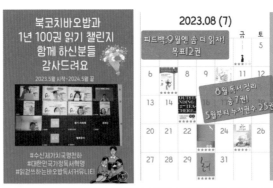

나는 읽고 쓰고 기록한다

3

꼬리에 꼬리를 무는 연계 독서에 빠져요

"책 좀 추천해 주세요. 무슨 책을 읽어야 할지 모르겠어요."

종종 이런 질문을 받는다. 대체로 초보 독서가나 다양한 책 읽기를 어려워하는 분들이 이런 질문을 한다. 내가 읽어서 좋다고 아무 책이나 추천할 수 없기에 관심사가 무엇이냐부터 물어본다. 한 권의 책 추천으로 한 사람의 인생이 바뀔 수도 있다. 추천한 한 권의 책이 다음 책을 붙잡게도 하고, 영영 이별할 수도 있게 만든다.

매번 추천받아 읽다 보면, 자발적인 독서로 이어지기는 어렵다. 남들이 좋다는 책 읽기만 하다 보면 수동적인 독서로 그치기 쉽다. 지적 호기심이 발동해 내 손으로 찾아낸 책 읽기를 해 봐야 한다. 책을 읽는 즐거움은 배가 될 것이다. 나는 꼬리에 꼬리를 무는 연계 독서로 독서하는 맛을 경험해 보았다. 이덕무의 『책만 보는 바보』 한 권으로 조선 후기 실학자, 재미없던 역사책 읽기, 고전 문학 읽기, 고미숙 작가까지 연결되는 독서를 해보았다.

> "오래된 책들에 스며 있는 은은한 묵향은 내 마음을 편안하게 어루만져 준다."
>
> - 안소영, 『책만 보는 바보』

종묘 부근의 '청장서옥'이라 불리던 옛집 서재가 있다. 백탑 아래 동네에 초라한 집을 짓고 사는 이의 서재다. 가난한 그의 살림살이가 안쓰러워 벗들이 저마다 가진 책을 팔아서 지어 준 공부방에 독서광이(간서치)가 산다. 책만 보는 바보라 불리었던 조선 시대 선비 이덕무다. 간서치 이덕무와 그의 벗들에 관한 이야기를 담은 『책만 보는 바보』는 10여 년 전 동네 엄마들과 책 모임을 하면서 읽었다. 우리는 책 모임 명을 '책 바보'라 정했다. '책만 보는 바보'가 아니라 '책도 보는 바보'다. 잘 지어진 팀명이라며 모두가 좋아했다.

이 책은 여러 번 읽었다. 햇볕이 거실 안으로 들어온 시간 이 책을 펼쳐 놓으면 그렇게 행복할 수가 없다. 추운 겨울 햇볕을 쫓아서 앉은뱅이 책상을 옮겨 다니며 책 읽기를 했다는 장면이 나온다. 나도 그렇게 이덕무를 따라 해 보기도 했다. 책 바보 이덕무와 그의 벗들이 가끔 보고 싶거나 수다를 떨고 싶은 날이면 『책만 보는 바보』를 펼친다.

『책만 보는 바보』 이덕무와 그의 벗들을 따라 읽다 보니 연암 박지원이 보였다. 박지원이야 중고등학교 시절 『열하일기』로 역사 시간 빨간색으로 줄 그어 가며 암기했던 인물 아닌가? 책 바보 이덕무가 아니었다면 『열하일기』를 읽었을까 싶다. 『열하일기』를 읽으려고 찾다 보니 고전 문학가 고미숙 작가가 쓴 『삶과 문명의 눈부신 비전 열하일기』를 발견했다.

고전 문학을 딱히 접해 보지 않아서 겁을 먹고 읽기 시작했다. 고미숙 작가의 열하일기는 책에서 손 떼기 싫을 만큼 흥미로웠다. 읽으면 읽을수록 질문이 일어났다. 조선 후기 실학에 대한 이해 없이는 작품을 제대로 이해하기가 어려웠다. 역사책을 펼쳐 놓고 배경 지식을 넓혀 나갔다. 조선을 지배했던 학문인 성리학은 도덕적으로 완성된 인간을 만들 수는 있겠지만 안타깝게도 현실의 문제를 해결할 수 없다는 데서 실학은 탄생했다. 농업을 발전시켜야 한다는 중농학파 정약용과 상업을 발전시켜야 한다는 중상학파 박지원이 있다. 역사 시험 문제에 자주 나왔던 인물들을 고전 문학책 읽기로 역사를 알아가니 쉽게 다가왔다.

열하일기도 좋았지만, 고미숙이라는 작가에게도 푹 빠져들었다. 가난한 광산촌에서 나고 자라 공부를 했다는 작가, 공부를 지상 최고의 가치로 여긴 부모 덕분에 책상에 붙어살았단다. 독어독문을 연구했지만 4학년 때 우연히 고전 문학 강의에 매료되어 고전 연구가가 되었다는 고미숙 작가. 남산자락에 공부공동체, 공간 수유 너머라는 '감이당'을 만들었다. 감이당에서는 청년 백수들이 모여 자본주의, 무한경쟁, 청년 문제에 대한 대안인 '공부로 자립한다'를 화두로 활발한 토론을 벌인다고 한다. 『책만 보는 바보』에 나오는 이덕무와 그의 벗들의 이야기 같았다.

고미숙 작가의 공부 공동체에 빠져들어 읽게 된 책들은 여기서부터다. 작가의 매력에 빠져들다 보니 읽고 싶은 책들이 줄줄이 이어졌다. 『공부의 달인 호모쿵푸스』를 읽으면서 '배우지 않으면 즐겁지 않고, 즐겁지 않으면 배움이 아니다' 공부와 삶에 대해 생각해 보았다. 한참 책을 통한 공부로 성장하고 있던 때라 『공부의 달인 호모쿵푸스』 역시 잘 읽혔다. 그 뒤로 고미숙 작가의 달인 시리즈가 있어서 모두 읽었고 『바보야 문제는 돈이 아니라니까』, 『나의 운명 사용 설명서』, 『동의 보감 몸과 우주 그리고 삶의 비전을 찾아서』까지 완독하게 되었다.

고미숙 작가를 쫓아 읽다 보니 조선 후기 실학자 박지원에 대한 호기심은 더 깊어졌다. 박지원이 살았던 조선 후기 시대 역사책을 살펴보았다. 당시 정치, 경제, 생활사에 관한 역사 공부와 정조 대왕까지 관심이 갔다. 정조에 관한 책을 읽다 보니 수원 화성을 설계한 정약용까지 확장되었다. 몇 번 가본 수원화성은 다시 방문하기도 했다. 건축물만 감탄하고 돌아왔던 기행이 아닌, 공사에 참여한 백성들도 눈으로 그려 보았다. 정약용과 정조는 수원 화성을 기획하면서 무슨 말을 주고받았을까? 상상도 해보았다. 빨간 줄 그어 가며 암기했던 우리 역사도 하나의 소설책같이 읽혔다. 이런 식의 책 읽기를 하다 보니 시험 보기 위한 역사 공부가 아니었다.

10여 년 전 고미숙 작가 따라 줄기차게 연계 독서로 기본적인 인문학 소양을 갖춰 나갔던 책 읽기 경험은 누구에게나 추천하고 싶다. 아직도 채워 가려면 멀었지만 부족함을 알기에 앎이 즐겁고 공부가 재미있다. 책 읽기로 자기 주도 공부법까지 익힐 수 있어서 좋다. 학창 시절 이런 공부법을 알았더라면 얼마나 재미있게 학교 다녔을까?

지성의 비전을 공유하면 우정은 깊어진다고 했던가? 작년 6월 집 근처 인수마을 주택가 반지하에 아래로부터 독서 혁명을 외치며 장아 너머 독서공동체 '서유당'을 만들었다. 고미숙 작가의 감이당과 조선 후기 책만 보는 바보들의 지성공동체 '백탑 청연'을 닮아 가는 중이다. 반지하지만 지하 같지 않은 느낌, 안방 문을 통해 보이는 1층 화단은 '비밀의 화원'이라 부르고 우리는 때때로 모여서 지식을 나눈다. 돌아보니 좋은 책

한 권을 만나서 연계 독서로 나라는 사람이 더 깊고 알차게 만들어갔던 시간이 감사하다. 더불어 함께 책을 읽으며 울고 웃었던 책동무들도 고맙다. 꼬리에 꼬리를 무는 연계 독서로 편독하지 않고 여러 장르 넘나들며 지적 탐험을 즐기길 바란다.

'책만 보는 바보' 책 한 권으로 연계 독서 확장 독서!

4

재독의 즐거움, 재독의 중요성!

학창 시절 누구나 복습의 중요성은 귀가 따갑도록 들어 봤을 것이다. 자주 들었던 말이지만 제대로 실천한 적이 기억에 없다. 그런데 독서를 통해 실천하면서 복습의 중요성을 몸소 깨달았다. 책이 잘 안 읽히고, 무슨 말인지 몰라서 두세 번 읽기를 했는데 그게 모두 반복 독서였다.

이민규 작가의 『실행이 답이다』를 이번에 열한 번째 읽었다.

"이 책은 열한 번째 읽은 책입니다."

내가 이 얘기를 하면 사람들의 반응은 대체로 놀란 표정으로 고개를 갸웃한다.

"아니, 책 한 권을 열한 번째 읽었다고요? 어떻게 열한 번을 읽을 수 있어요? 왜 그래야 하는데요?

따분해서 어떻게 같은 책을 또 읽나요? 질리지 않아요?"

『실행이 답이다』는 독서 코칭 수업의 산 교과서처럼 코칭 도서로 활용하고 있다. 실천할 방법들을 소개하고 있어서 여러 번 읽게 되었고 코칭하기에 이만한 책은 없었다. 솔직히 말하면 이미 읽었던 책이기에 수업 때마다 읽지 않고도 진행할 수 있다. 하지만 같은 책도 여러 번 읽으면 다른 게 또 보일까 해서 수업할 때마다 읽게 되었다. 신기하게도 읽을 때마다 새로운 것들을 찾아낼 수 있었다.

열한 번째 읽은 『실행이 답이다』는 문제 해결하기 위한 IDEAL 부분을 찾아냈다. 11번째 읽을 때 유독 해당 내용이 눈에 들어왔고, 그 부분을 집중해서 연구해 보았다. 현재 가진 각자의 문제들을 대입해서 수강생들에게 풀어 보게 했다. 마치 수학 시험 문제 풀 듯이 IDEAL을 종이 위에 적어 보았다. 대책까지 세우고 나니 답답했던 문제들이 풀렸다는 수강생들의 탄성을 들을 수 있었다. 반복 독서를 했기에 발견한 새로운 코칭 방법이었다.

독서 코칭 수업 초창기에는 한 번 읽고 끝나는 독서에 대해 그다지 대

수롭지 않게 여겼다. 책을 읽고도 머릿속에 남지 않는다는 하소연을 종종 들으면서 왜 그럴까? 여러 가지 측면에서 고민해 보았다. 찾아낸 솔루션이 바로 재독의 중요성이었다. 2번째 읽기(2독), 3번째 읽기(3독), 4번째 읽기(4독), 11번째 읽기(11독)까지 했던 나의 독서 경험을 돌아보니 같은 책도 읽을 때마다 다름을 알았다. 그제야 학창 시절 선생님이 강조한 '복습'이 문득 떠올랐다. 수업 시간에 다 이해했고 알았다며 털고 일어났는데 며칠 뒤 다시 보면 새까맣게 잊어버린 경우가 많았다. 반복 학습, 그때그때 복습을 했다면 되는 일이었다. 항상 벼락치기 공부만 했다. 벼락치기 공부라 겨우 알게 된 것마저도 뒤돌아서면 잊고 만다. 그러니 공부했던 게 남을 리가 있겠는가?

한 번 읽어서 소화 안 되는 책들이 많이 있었다. 특히 책 읽기 초보 시절에는 한 번 읽어서 소화할 수 없는 책들이 허다했다. 이해 안 가는 책이었는데 다시 읽었을 때 눈에 쏙 들어왔다. 『그리스인 조르바』, 『데미안』, 『어린 왕자』, 『나의 라임오렌지 나무』, 『시골 의사 박경철의 자기혁명』, 『담론』 등 인생 책이라고 손꼽았던 책들은 한 번 읽기로 이해가 안 갔다. 그래서 모두 세 번 이상을 읽은 책이다.

재독의 중요성을 확실히 알게 된 경험을 이야기해 보겠다. 『시골 의사 박경철의 자기혁명』은 찐한 감동이 사그라지지 않아 운영하는 책 모임

두 곳에서 토론을 했다. 다들 어려워서 쩔쩔맸다. 이 책만큼은 조금이나마 소화했으면 좋겠다 싶어 1년 뒤 다시 읽고 토론해 보자고 했다.

'자기 혁명 책 참 좋네. 박경철 작가가 소개한 『그리스인 조르바』도 읽어 봐야겠구나! 청소년기에 우리 애들도 책 읽기 게을리하면 안 되겠구나!' 하고 감상으로만 그쳤다. 그런데 1년 뒤 다시 읽으니, 다음과 같은 내용이 번개처럼 머리에 꽂혔다.

"당신의 단점을 고쳐 보세요. 단점을 고쳐야 진정한 자기 혁명입니다."

라는 문구가 눈에 들어왔다. 그래서 내 단점을 노트에 적어보았다. 문제의식을 느끼고 있었던 늦잠 자고 늦게 일어나는 것이 내 단점이었고 고쳐야 할 행동이라고 생각만 하고 있었다. 미루기만 했던 나쁜 습관은 이제 아니다 싶었고, 긍정적으로 받아들이기로 했다. 『시골 의사 박경철의 자기혁명』을 5번째 읽었을 때 사고의 전환은 일어났고 그다음 책으로 읽었던 『미라클 모닝』은 행동하게 했다.

생각의 전환을 행동으로 실천하기까지는 말처럼 쉽지 않았다. 현재 나는 새벽 기상을 8년째 하고 있다. 꾸준히 이어올 수 있었던 비결은 다름 아닌 반복 독서의 힘이었다. 새벽 기상이 무너질 때마다 작정하고

『미라클 모닝』을 읽었다. 읽고 나면 확실히 무너졌던 새벽 기상이 그때 그때 회복이 되었다. 『아주 작은 습관의 힘』 역시 습관으로 자리 잡았던 것들이 무너질 때마다 찾아 읽었다. 지금은 새벽 기상 습관은 자유자재로 통제하며 내 삶의 루틴으로 자리잡혔다.

에빙하우스의 망각 곡선을 들어 본 적 있는가? 19세기 후반 독일의 심리학자 헤르만 에빙하우스가 연구한 인간의 망각 곡선. 기억 혹은 망각에 관한 연구를 통해 시간 경과에 따라 나타나는 일반적인 망각의 정도를 그래프로 제시한 가설이다. 의식적인 반복 학습이 없는 경우 시간이 지나면서 기억의 손실 정도를 보여 준다.

그의 연구에 따르면 망각은 학습 직후 20분 이내에 41.8%가 발생하여 가장 많이 일어난다고 한다. 그는 자신이 제시한 망각 곡선을 바탕으로 한 기억 유지 시간 연장 실험을 통하여 기억을 오래 유지하기 위해서는 반복 학습을 얘기한다. 더불어 일정한 시간 간격을 두고 규칙적으로 여러 차례 걸쳐 분산 학습하는 것이 효과적이라고 주장한다. 이를 간격 효과라고도 한다. 에빙하우스는 이를 연구하기 위해 스스로 피험자가 되어 직접 실험에 참여하였다고 한다.

재독의 힘, 반복 독서는 미루고 있었던 행동, 실천되지 않는 것까지 만들어 줄 것이다. 읽히지 않았던 어려운 책도 다시 읽다 보면 술술 읽어 나갈 수도 있다. 잘 읽었다고 했던 책 중에서도 온전히 내 것으로 만들지 못했던 것들도 만날 수 있다. 실험이라 생각하고 읽어 보아라. 망각을 막는 방법은 '반복'뿐이라는 것.

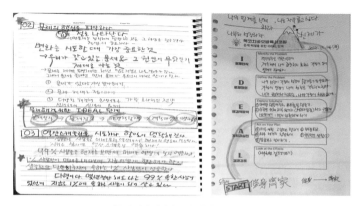

재독하면서 찾아낸 문제 해결 방법(IDEAL)

5

시 읽는 법!
한 수 가르쳐 드립니다

"의술, 법률, 사업, 기술, 이 모두 고귀한 일이고 생을 유지하는 데 필
요한 것이지만, 시, 아름다움, 낭만, 사랑, 이런 것이야말로 우리가 살
아가는 목적이에요."

- 영화 <죽은 시인의 사회>

영화 〈죽은 시인의 사회〉에서 키팅 선생은 참, 멋진 말을 남겼다.

열심히 살아가고 있는데 텅 비어 있는 가슴. 남들은 잘 달리고 있는데
나만 뒤처진 기분이 들 때가 있다. 이만한 나이면 인생을 알만 한데 아
직도 어른 같지 않은 생각과 행동을 할 때가 있다. 어느 날부터 낯선 종
류의 책이 하나둘 책꽂이에 꽂히기 시작했다. 성공하는 법, 돈 버는 법,
아이 잘 키우는 법, 인간관계 잘하는 법. 모두 실용서다. 필요 때문에 실

용서를 읽기 시작했고, 나도 보란 듯이 잘 살아 보고 싶었다. 실용적인 것들만 추구하다 보니 어느 날 가슴 한구석 찬바람이 '쌩' 하고 돌 때가 있었다.

정재찬 작가의 『시를 잊은 그대에게』 책 표지 그림이 눈에 들어온다. 콘크리트 보도블록 위에 비가 내리는 풍경, 표지 그림에 오래도록 시선을 머물게 한다. '콘크리트 보도블록 같은 삶을 살고 있다고 생각이 든다면 시 한 편 읽어 보세요.'라고 귀띔하는 듯하다. 표지 그림처럼 보도블록 위에 비를 내려 주는 일, 시를 읽는다는 건 그런 거라 본다.

4년 전, 새벽 시 필사를 200편 하면서 마음 밭에 물을 흠뻑 주었다. 천상병 시인의 『귀천』을 필사하며 돌아가신 아버지에게 부치지 못할 편지를 썼다. 심순덕의 『엄만 그런 줄 알았어요』 필사할 때는 엄마에게 미안한 일들이 생각나서 그 새벽 홀로 눈물을 쏟아 내며 편지를 쓰기도 했다. 물론 부치지 않았다. 그때만 해도 엄마는 한글을 모르고 있을 때였으니까.

20대 시절 남의 집에 얹혀살면서 고충이 있었다. 힘들다 털어놓으면 배부른 소리를 한다며 "아무 소리 말고 있어라." 했던 엄마가 사무치게 미웠다. '낳기만 하면 부모인가? 낳았으면 책임져야 할 거 아냐?' 혼자서 눈물을 훔쳐야 했다. 부모님에 대한 미움의 감정은 상대에게 도달하지 못했지만, 분노, 외로움, 슬픔 여러 가지 감정들이 치솟아 올라왔다. 그 시절 힘들었던 마음은 20대 후반 책을 읽으며 치유되었다 생각했다. 그런데 4년 전 새벽 시 필사하며 마저 정리되지 않은 내 감정과 마주하게 되었다. 가난한 시골 살림 초가삼간에서 줄줄이 태어난 육 남매를 키워 내느라 얼마나 힘들었을까? 자식이 원하는 것 다 해줄 수 없었던 엄마 아버지 마음은 얼마나 애가 탔을까? 이만큼이라도 해준 것이 어디냐? 새벽 시 필사를 하며 눈물 콧물 범벅이 되어 감정을 쏟아 냈다.

새벽 시 필사의 진한 여운이 가시기 전 정재찬 작가의 『시를 잊은 그대에게』를 다시 찾게 되었다. 몇 달 전 새벽 챌린지 선정 도서로 수강생들과 함께 읽고 토론하였다. 시는 중고등학교 때 교과서로만 접하고 처음 읽었다는 분들이 대부분이었다.

"시를 잊은 그대에게 시기적절하게 가을 문턱에서 우리의 삶을 풍성하게 살찌우고 윤택하게 해 주는 시간이었어요. 책을 좋아하는 둘째 동생에게 선물로 보내고 나니 내 마음이 더 부자가 된 느낌입니다."

"MBTI에서 완벽하게 T(사고형) 성향인 나에게 특히나 인문학이 필요한 이유, 시가 필요한 이유다. 가을 일상에 바쁘고 지친 우리들의 메마른 마음을 촉촉하게 적셔 주는 멋진 새벽 시 공부였어요."

시를 사랑하는 법을 아예 배워 보지도 못한 젊은이, 그래서 시를 읽고 즐길 권리마저 빼앗긴 젊은이들이 안타까워 공대생들에게 시 강의를 열었던 정재찬 작가. 눈물이 고일 정도로 감동 하고 소름 끼칠 정도로 감탄했다고 한다. 시 수업을 마친 나도 챌린지 수강생들의 뜨거운 소감을 들으며 소름이 끼칠 정도로 감탄했다. 공대생들이나 새벽 챌린지 수강생들이나 다를 게 하나 없었다.

중고등학교 국어 교과서에 빨간색 볼펜으로 줄을 긋고 암기를 했던 시 공부. 일반인들이 시를 접할 일은 많지가 않다. 요즘 시는 난해해서 이해하기 힘든 시들이 많다. 어떤 시집을 읽어야 할지 몰라서 못 읽는다. 시집을 추천하는 사람들도 많지 않다. 어쩌다 서점가의 베스트셀러 코너에 시집이 등장하면 시를 접할 수 있는 절호의 기회가 된다. 베스트셀러 책이라면 눈에 잘 띄기 때문이다.

시집을 읽으면 좋은 점이 있다. 시는 평범한 일상의 말이 아니기에 내가 쓰지 않는 뇌에 자극을 준다. 내가 생각하지 못한 생각을 하게 하고 보지 못했던 세상도 보게 한다. 세상의 중요한 가치에 관한 이야기를 누군가에게 들려주기 위해서 시인은 시를 쓴다. 그렇다면 시는 어떻게 입문하면 좋을까?

　시를 접하기 좋은 책을 선택하는 것이 첫 번째다. 시를 설명해 주는 형식의 책이 입문자에게는 가장 좋다. 글쓴이가 시에 대한 해석과 내가 읽어낼 수 없는 시 세계까지 안내해 주니 쉽게 이해할 수 있다.

　시 해설이 되어 있지 않은 시집을 읽을 때, 시를 어떻게 읽으면 좋을까? 대부분 우리는 책을 눈으로 읽어 낸다. 시는 눈으로 읽는 책이 아닌 손으로 필사하며 읽으면 좋다. 손으로 쓰면서 천천히 소리 내어 읽고 시의 맛을 천천히 음미하면 좋다. 읽는다는 표현보다는 시는 읊는다고 한다. 시집으로 책 모임을 한다면 한 명씩 돌아가면서 좋았던 시를 낭독하며 소감 나누기를 해도 좋다. 혼자 읽을 때도 마찬가지로 시를 소리 내어 읊으면 훨씬 시가 가슴으로 다가온다. 시는 음악적 운율이 있는 언어다. 그래서 노래하듯 읽으면 감동이 더해진다. 김광섭 〈저녁에〉 시는 1980년대 듀엣 가수 유심초가 부른 대중가요 제목으로도 널리 알려졌다. 이렇듯 시가 노래가 된 경우도 참 많다. 시가 노래가 된 음악도 들어 보면 좋다.

　시를 읊고 시에 대한 소감 나누기를 마쳤다면 빈 종이에 시 필사도 좋다. 시의 여운이 더 깊이 남는다. 시의 내용에 맞게 어울릴 법한 그림을 그려 두면 시화가 된다. 『시를 잊은 그대에게』 시집을 더 즐기는 방법으로 문학관 투어도 추천한다. 작가의 생가나 문학관은 시에 나온 풍경과 작가의 심상을 이해하는 데에 도움이 된다. 책을 읽는 즐거움, 추가로 여행하는 즐거움까지 메말랐던 가슴에 단비를 뿌려줄 것이다.

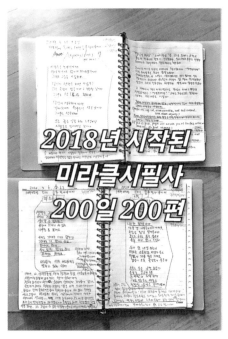

2018년 시작된 미라클 시필사 200일 200편

나는 읽고 쓰고 기록한다

『시를 잊은 그대에게』 찰지게 읽어 내기

책에 소개된 작가와 연관된 문학 여행 추천합니다.

책을 읽고 문학 여행을 떠나면 좋은 이유

문학 여행을 하면 좋은 점은 읽었던 책에서 상상했던 장면을 실제로 보고 생생하게 느낄 수 있다는 점입니다. 또한, 작가가 어떤 환경에서 작품을 썼는지 이해할 수 있습니다. 문학 여행을 통해 다양한 문화를 접하고 문학 작품에 대한 이해도가 높아져서 좋습니다. 관련 작품을 읽고 나서 문학 여행을 하면 훨씬 많은 것들을 얻어올 수 있으니 계획해 보면 좋겠습니다.

1. 윤동주 (서촌 윤동주문학관과 문학관 바로 뒤로 있는 시인의 언덕, 가을날 가면 참 좋아요.)

2. 김춘수 (통영 김춘수 유품전시관 & 김춘수생가)

3. 정호승 (대구 정호승문학관)

4. 김수영 (서울 도봉구 방학동 김수영문학관)

5. 박노해 (라 카페 갤러리 -시인이 운영하는 비영리 갤러리. 박노해의 사진
   전을 상시 무료 관람 가능)

6. 박목월 (경주 동리목월문학관)

7. 피천득 (충남 문학관)

8. 기형도 (광명시 기형도문학관)

9. 서정주 (전북 고창 미당시문학관)

10. 조지훈 (경북 영양군 지훈문학관)

11. 유치환 (경남 거제 청마기념관)

12. 천상병 (인사동 귀천 카페)

나는 읽고 쓰고 기록한다

6

문제를 해결해야
진짜 독서입니다

엄마들 고민이 내 고민이 되는 날이 내게도 돌아왔다. 큰아이가 중학생이 되면서 사춘기가 시작됐다. 때마침 책 모임에서 읽고 있었던 『내 아이를 위한 감정코칭』은 무릎을 '탁' 치게 되는 구절을 만났다.

> "사춘기 시기에는 전두엽이 대대적인 리모델링에 들어가요. 13세~14
> 세까지 어느 정도 발달해 오던 전두엽은 새롭게 재구축 됩니다."
>
> -최성애, 조벽, 『내 아이를 위한 감정코칭』

사춘기 시기 뇌가 리모델링을 한단다. 뇌가 리모델링한다는 건 뼈대는 놔두고 모두 다 뜯어고친다는 얘기다. 사춘기 뇌를 공사하는 시기, 그래서 질풍노도의 시기라는 말을 하나 보다. '사춘기 때 뇌를 리모델링한다.'에 힌트를 얻은 『내 아이를 위한 감정코칭』을 몇 번이고 읽고 또 읽었다. 그동안 잘했다고 믿어 왔던 것들도 다시 들여다보게 되었고, 잡음이 있는 것들을 수정하고 버리기도 했다.

7년간 합창단 활동을 하며 미국 카네기홀 무대에 서는 프로젝트 콰이어 연습도 접었다. 남자아이의 사춘기는 목에서도 온다. 변성기가 시작되어 예전만큼 노래를 부를 수 없다고 아이는 호소했다. 그동안 연습한 게 아깝지 않냐? 카네기홀 무대 연주까지만 하고 그만두자 달랬던 일도 리모델링을 했다. 아쉽지만 관두기로 했다. 카네기홀 무대를 위해 아이가 1년 동안 애쓰고 노력한 일을 돌아보니 접기로 한 일이 편안해졌다. 『내 아이를 위한 감정코칭』 덕분에 지혜롭게 문제를 해결할 수 있었다. 그때부터였다. 살면서 어떤 문제에 부딪쳤을 때 책에서 해답을 찾기로 한 것은.

오랫동안 해 왔던 아이들 독서 지도 수업도 50살이 넘어서는 다른 모양새로 일을 하고 싶었다. 아이들이 아닌 성인 대상. 그런 생각을 하고 있어서였는지 거짓말처럼 이루어졌다. 중학교 아이들 독서 수업을 두 번 진행하고 실패했는데 차라리 엄마들을 가르쳐 보면 어떨까 하고 만들어진 게 성인 독서 코칭 시작이었다. 무난히 4기까지 진행되었는데 코로나19 바이러스로 수업은 중단되었다. 곧 끝날 것이라는 사람들의 기대와는 달리 끝은 보이지 않았다. 코로나19는 다가올 미래도 불안에

떨게 했다. 앞으로 어떻게 살아가야 하나? 코로나19와 관련된 책 읽기를 하며 답을 찾아보기로 했다.

제일 먼저 읽은 책이 김용섭의 『언컨택트』다. 『김미경의 리부트』, 이지 성의 『에이트』, 『에이트 씽크』, 김난도의 『트렌드 코리아』 등 책 제목을 일일이 나열하기 힘들 정도로 관련 책을 수십 권 읽었다. 틈틈이 그전 에 읽었던 4차 산업 혁명과 관련된 책 읽기는 트렌드 도서를 이해하는데 상당한 도움이 되었다. 최재붕의 『포노사피엔스』와 이지성의 『에이트』는 스마트한 세상은 이미 펼쳐졌고 어떻게 하면 인공 지능 시대에 대체되 지 않는 삶을 살아야 하는지 알려 주었다.

디지털 세상이니, 인공 지능 시대니 그런 일은 먼 훗날 내가 죽은 다 음의 일이라 여겼다. 관련 도서를 읽다 보니 이미 오래전부터 우리 삶과 접속이 되어 있었다. 일단 오프라인 세상에서 온라인 세상으로 이동해 야 한다고 했다. 『김미경의 리부트』는 좀 더 현실적으로 행동하게 했다.

> "코로나 바이러스는 결코 종식되지 않아요. '언택트'를 넘어 '온택트' 로 세상과 연결하세요."
>
> -김미경, 『김미경의 리부트』

코로나로 멈춘 나를 일으켜 세우는 방법으로 '리부트 시나리오'를 써 보았고 리부트 공식에 대입해 10줄 시놉시스도 써 보았다. 시나리오를 쓰면서 찾아낸 단서!

'오프라인 수업을 온라인으로 대체하라. 오프라인 책 모임을 온라인으로 하자.'

자칭 뼛속까지 아날로그인이었던 나는 줌을 설치하고 바들바들 떨면서 온라인 독서 모임을 열었다. 4기까지 진행하고 멈춰 있던 성인 독서 코칭도 온라인 5기 수업을 열었다. 그뿐만 아니라 48명 오픈 채팅방 독서 커뮤니티 회원을 1년간 500명까지 만들었다. 온라인 독서 커뮤니티 리더가 되었다. 『김미경의 리부트』에서 말한 것처럼 디지털트랜스포메이션을 했고, 온라인이 답이라고 생각해서 실행에 옮겼다. 내가 떠안고 있는 문제를 한숨만 푹푹 쉬고 발만 동동 구르고 있었더라면 지금의 나는 없다. 고민의 문제를 모두 책에서 답을 얻은 것이 중요한 열쇠다.

사춘기 시기 큰아이의 감정을 코칭했던 일, 코로나19 시기에 오프라인에서 온라인으로 전환했던 일, '책에서 답을 찾으라는 말이 이 말이었구나.' 몸소 실감했다. 문제에 직면했을 때 어떻게 책에서 답을 찾았는지 나만의 방법 찾기는 이렇다.

우선 자기가 처한 문제를 직면한다. 문제를 내 문제로 받아들이는 게 순서다. 남의 문제라고 여기면 아무 문제도 풀 수 없다. 부정적인 시선보다는 문제를 대하는 태도가 중요하다. 지금 나의 일상에서 가장 큰 문제가 무엇인지 정확히 인지하는 것부터 시작이다.

두 번째 내가 풀고자 하는 문제와 관련된 책을 찾아본다. 책 추천을 누군가에게 받아도 좋지만 스스로 찾아보는 시간을 가져 보면 좋다. 도서관이나 서점을 둘러보자. 내가 풀어 가야 할 문제들의 주제 코너에서 멈칫하고 책 쇼핑을 해 보자. 관련 도서를 일단 몇 권 뽑아서 목차와 내용을 훑어가 보자. 내가 읽어 낼 수 있는 책인지 추려내 본다. 책 표지부터 서문, 목차, 내용도 살펴보며 이거다 싶은 책을 선택해서 읽어 나가면 된다. 유튜브나 인스타, 블로그 글을 검색해서 내가 가진 문제에 대한 콘텐츠를 찾아서 도움받는 경우도 좋다.

문제를 해결할 학습 대상을 선정했다면 메모도 하고, 질문하며 읽는다. 내가 고민했던 문제의 초점에서 벗어나지 말고 질문하며 읽는 것이 중요하다. 고민의 핵심을 메모했다면 생각을 정리해 본다. 정리하는 과정에 뭐라도 내 것으로 만들어 갈 것이다. 그리고 적용할 수 있는 것들은 행동으로 옮기면 된다.

문제 해결 독서는 독서를 통해 알게 된 문제 해결법을 실제 내 삶에 적용하고 실천하는 것이다. 어려운 방법보다는 내가 실천할 수 있는 최소한의 방법을 택하면 좋다. 누군가에게 조언을 구하는 것도 좋은 방법이지만 때로는 책 읽는 즐거움을 넘어 문제 해결도 할 수 있는 독서라면 얼마나 좋겠는가?

7

디지털 시대의 무기, 질문하는 독서

질문도 습관이 되어야 한다. 챗GPT에 물어보고 답을 구하면 되겠지만 이 또한 질문을 잘해야 좋은 답이 돌아온다. 우리 스스로가 인공 지능에 모든 걸 맡겨버린다면 우리는 언제 사고하겠는가? 생각하고 판단하는 능력, 답을 찾아가는 주체성을 잃고 점점 기계에 종속될 것이다. 한마디로 자신의 주관과 관점이 흐릿해져 해결하고 창조하는 삶이 아니라 '종속된' 삶을 살게 될 것이다. 질문은 시선을 고정하지 않는 것에서 비롯된다. 사소한 것은 사소하지 않다. 당연한 것은 당연하지 않다.

'질문'의 사전적 뜻을 살펴보면 '알고자 하는 바를 얻기 위해 물음'하는 것이라 쓰여 있다. 독서를 할 때도 잘 읽기 위해서는 질문이 필요하다. 모르는 것을 알기 위해서 책을 펼쳐 드는 것 아닌가? 당연히 질문하는 독서를 해야 알고자 하는 바를 얻을 수 있고 효과적인 읽기로 연결될 수 있다. 질문하는 능력이 무엇보다 중요해진 생성형 인공 지능 시대에 맞춤 교육으로 독서만큼 좋은 게 없다. 이제는 질문하는 독서로 말이다.

> "우리가 왜 당근을 먹는지 아니? 일곱 살 아이가 왜 당근 색깔은 주황색이에요? 하고 묻더니 노란색인 햇빛과 갈색인 흙을 먹고 자랐기 때문인 것 같은데요."
>
> -하브루타 교육연구회, 『하브루타 질문 수업』

유대인 가정의 질문과 토론이 오가는 풍경이다. 그들에게는 이런 풍경이 일상이라고 한다. 아이들과 책을 읽으며 '왜'라는 질문으로 꼬리에 꼬리를 무는 대화를 나눈다는 유대인 가정. 어려서부터 질문과 토론하는 가정에서 자란 아이는 굳이 질문하는 기술을 배우지 않더라고 자연스레 익힐 것이다. 질문이 있는 유대인 가정을 보자니 우리나라의 가정은 어떨까? 물음을 던져 본다.

5천 년 동안 유대인의 지혜가 집대성된 책 『탈무드』는 고전 중의 고전이다. 유대인 가정에서는 어려서부터 부모가 탈무드를 읽어 주고 질문과 토론을 한다. 이를 통해 자녀는 자기 생각을 짓고 표현하는 법을 익히는데 이런 문화는 우리가 배울 점이다. 우리나라의 주입식 교육은 질문조차 하기 어렵다. 주입식 교육은 말 그대로 지식을 주입할 뿐 사고력을 길러 주지는 못한다. 어릴 때부터 질문 잘하는 법을 배우지 못한 우리는 포기해야만 할까?

　강의를 듣고 소감 나누기만 했던 새벽 챌린지 수강생들과 다른 방식의 수업 진행을 해 보았다. 명사의 강의를 듣고 토론을 하는데 각자 3가지 질문을 노트에 적어보고 발표했다. 결과는 놀라웠다. 각자 만든 3가지 질문으로 토론을 하니 그럴싸한 토론장이 되었다.

"나는 왜 하다가 늘 포기할까?"
"나는 몽상가인가? 기획자인가? 불운자인가?"
"끈기가 있으려면 앞으로 어떤 점을 고쳐야 하는 걸까?"

　질문을 만들어 보는 수업 방식은 참여자의 태도를 변화시켰다. 질문 3가지를 만들어야 하니 수동적 듣기에서 좀 더 능동적 듣기가 되었다. 진행 방식 하나 바꾸었을 뿐인데 토론의 생동감이 느껴졌다. 질문이 있는 토론을 하다 보니 글쓰기까지 달라졌다. 예전 같으면 강의 내용만 정리하기 바빴다면 이제는 자신이 던진 질문에 대해서 글을 썼다. 자기 이야기가 나왔다. 글에서 자신의 삶을 들여다보는 글쓰기까지 확장이 되었다. 강의를 듣고 질문하는 방법으로 예를 들었지만, 독서도 똑같이 이 방법대로 하면 된다. 책을 읽고 3가지 질문을 만들어 보면 된다. 질문을 만든다고 생각하니 좀 더 생각하며 읽게 될 것이다.

노벨문학상을 받은 한강 작가의 『소년이 온다』로 질문하는 독서의 예시를 들어 보겠다. 읽기 전 질문을 해 봐도 좋고, 읽고 나서 질문을 해 봐도 좋다. 읽기 전 질문으로.

"제목이 왜 소년이 온다 일까?"
"책 표지의 꽃은 무슨 꽃일까?"
"책 표지의 꽃이 안개꽃인데 다른 꽃도 많은데 왜 하필 안개꽃일까?"
"왜 한강 작가가 노벨문학상을 받게 된 것일까? 이 책의 어떤 점이 좋아서일까?"

이렇게 다양한 질문을 하고 독서를 하는 사람과 바로 1장에 있는 7쪽부터 읽는 사람과는 읽고 난 후 차이가 크다. 책을 읽는 중간에도 질문하며 읽는 독서를 할 수 있겠다. 계엄군, 계엄령, 5.18 광주, 읽다가 생소한 단어가 나온다면 질문을 던지고 찾아보며 읽기를 해야 한다. 이렇게 마지막 장까지 읽다 보면 이전과는 다른 책 읽기가 될 것이다.

이보다 더 다양하고 재미난 질문을 던질 수가 있다. 질문 만들기는 책 표지 맨 앞 장이나 독서 노트에 적어 봐도 좋겠다. 이런 과정을 거치고 나면 '질문이라는 게 이렇게도 해 볼 수 있구나? 질문하는 것 어렵지 않네.'라고 할 수 있다. 처음에는 작정하고 이런 질문 습관을 만들면 독서뿐만이 아니라 무슨 일이든지 질문하는 나로 바뀌어 갈 것이다.

빠르게 변화하고 있는 요즘의 세상, 기술도 그에 맞춰 빠르게 발전하고 있다. 기술의 발전으로 삶은 편리해졌지만 그만큼 새로운 문제를 해결해야 할 일이 많아졌다. 창의적인 사고와 문제 해결 능력은 디지털 시대 중요한 덕목이 되었다. 디지털 대전환의 새로운 시대를 맞이하고 있는 변화의 중심에 생성형 인공 지능이 있다. 그동안 인간이 해 왔던 모든 일을 생성하고, 대화도 나누고, 정보를 나눠 주는 중요한 역할을 해내고 있다. 정보를 적절히 검색하고 이해하여 원하는 결과를 만들어 내려면 질문을 잘해야 한다. 주어진 질문에 대한 정답 맞히기 능력이 중요했던 과거와는 달리 인공 지능 시대 핵심 역량은 질문하는 능력이 되겠다. 책을 읽으면서 자유자재로 질문을 만들어 보자. AI에게 절대 대체되지 않는 슈퍼 개인! 독서로 만들어 가 보자. 질문하는 독서로.

질문 독서

질문 독서는 책을 읽으면서 질문을 던지며 깊이 있는 이해를 돕는 독서 방법입니다.

1. 책을 읽기 전에 질문을 던집니다. (예: 이 책의 주제는 무엇일까? 책의 표지 그림과 내용은 어떤 관계가 있을까? 이 책의 제목은 왜 이렇게 정했을까? 작가는 어떤 사람일까? 작가가 쓴 또 다른 책은 뭐가 있을까? 이 책을 쓰는 데 몇 달이 걸렸을까? 이 책을 쓰면서 어떤 조사를 했을까?)

2. 책을 읽으면서 질문을 던져 봅니다. (예: 작가는 왜 이런 문장을 썼을까? 이 장면에서는 어떤 의미가 담겨 있는 걸까?)

3. 질문을 던진 후 넘어가지 말고 그에 대한 답을 찾아가며 책을 읽습니다. (내용이 이해가 안 간다면 책을 다시 읽거나 인터넷 검색이나 관련 유튜브를 찾아봅니다)

4. 책을 다 읽은 후에는 다시 한번 질문을 던져 봅니다. (예: 이 책에서 가장 인상 깊게 파고드는 장면은 어디인가? 작가는 사람들에게 무엇을 말하려고 이 책을 쓴 걸까? 이 책의 주제는? 나라면 어떻게 했을까?)

5. 질문 던지는 것을 습관화합니다. 책을 읽으며 질문을 던지는 것은 읽는 동안 생각을 자극합니다. 나아가 깊이 있는 책 읽기 능력을 키워갈 수 있습니다.

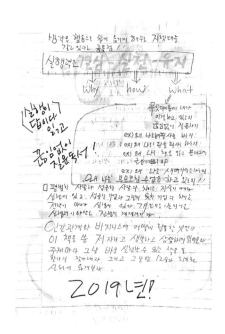

『실행이 답이다』 읽고 끊임없이 질문하며 독서하기

8

기억하지 않고
기록하며 읽는 독서

밑줄 그은 좋은 문장을 눈으로 읽기만 해도 좋지만 따라 쓰면 그 문장
은 독자인 나로 인해 새롭게 태어나는 문장이 되기도 한다.

"나는 기록형 인간이다. 기록은 내 생활의 일부이고 나는 나를 둘러
싼 모든 것들을 밥 먹듯이 기록하고 있다.

-김익한, 『거인의 노트』

"나는 읽는 인간이다. 읽기는 내 삶의 전부이고 나를 둘러싼 모든 사
람에게 밥 먹듯이 읽으라고 권하고 있다. 책 속의 담긴 지식과 지혜로움
을 내 안에 깊게 새기며 내 것이 될 수 있게 실천하는 자만이 진정 읽는
인간이라 할 수 있다."

『거인의 노트』에 나온 문장을 고쳐보았다. 우리는 끊임없는 성장을 원한다. 100세 시대, 그리고 플러스알파 시대를 맞이하면서 60살 이후의 인생 이모작을 시작하려고 하는 사람들이 늘어나고 있다. 인생 이모작으로 독서를 택하는 사람들은 단순히 재미 위주의 독서가 아닌 삶에 도움이 되는 독서를 원한다. 내 삶에 도움이 되는 독서는 기록하는 과정에서 만들어진다.

> "난쟁이가 거인의 어깨에 올라타면 거인보다 더 멀리 볼 수 있다."
>
> -김익한,『거인의 노트』

『거인의 노트』대한민국 1호 기록학자 김익한 작가의 말이다. 비록 지금의 내가 난쟁이일지라도 기록이 쌓이면 우리는 그 위에서 더 멀리 보고 더 깊이 생각할 수 있단다. 내가 남긴 기록을 디딤돌 삼아, 가장 높은 곳에 선 거인이 된 자신을 마주할 수 있을 것이다.

'26년간 독서의 끈을 놓지 않으며 어떻게 하면 잘 읽을 수 있을까?'라는 생각은 항상 떠나지 않았다. 10년 동안 책 육아 엄마들과 책 모임을 운영하면서 책을 읽는 법에 관해 관심은 더 커졌다. 책 내용이 기억에 남아야 모임을 진행할 때 참여자들에게 들려줄 이야기가 있는데 머릿속이 텅 빈 느낌이었다. 독서법 관련된 책을 여러 권 읽어보니 기록하며 읽는 독서가 방법이었다.

끄적이며 기록해 두지 않으면 우리의 기억은 금방이라도 달아나고 만다. 『기록의 노트』 작가의 말처럼 책을 읽고 기록해야 나를 성장시키는 독서가 된다. 단순한 즐거움으로 그치는 독서가 아닌 성장하기 위해 읽는 독서법은 달라야 한다.

아이들 독서 지도의 마지막 아웃풋은 독후감 쓰기다. 책 내용이 기억에 남아야 토론을 할 것이고, 토론이 잘 돼야 독후감도 술술 쓸 수 있다. 아이들이 토론을 잘 못하는 이유 중 하나가 책 속의 내용을 기억을 못한다는 데 있었다. 어떻게 하면 책의 내용을 기억하면서 생각도 해 볼 수 있을까 찾아낸 방법이 챕터마다 읽은 다음 기록해 보는 것이었다. 내용을 간단하게 적고 자기 생각도 덧붙여 보는 것이다. 챕터 내용을 한 문장이나 두 문장으로 요약하다 보면 정리하는 힘도 생긴다. 때로는 문장이 아니라 주요 낱말 3개 이상 적게 하고 소감을 써 보기도 했다.

처음에는 과제로 내주니 잘 따라오지 않아서 수업 시간에 몇 번 연습해 보았다. 몇 차례 훈련이 되니 과제로도 충분히 해냈다. 과제로 기록해 온 챕터별 내용 요약과 소감 쓰기는 서로 발표하니 상대의 생각도 들을 수 있어서 좋았다. 장마다 기록한 내용은 모두 연결해서 글을 쓰면

한 편의 독후감이 완성된다. 막막했던 독후감 한 편은 뚝딱 만들어졌다. 이런 과정은 책의 내용을 이해하는 것은 물론 자기만의 해석과 생각이 만들어지는 주체적 읽기가 된다.

소제목과 맞닿은 문장도 줄 그어 가며 읽기, 제목과 관련된 주요 어휘가 있다면 동그라미를 쳐 가며 읽기도 했다. 모르는 단어에도 동그라미를 치고 핸드폰 검색이나 국어사전을 찾아서 책 속에 기록도 해 둔다. 이 방법은 어휘력을 넓혀가기에도 좋다.

아이들 독서 지도 때문에 찾아낸 방법을 나의 독서에도 적용해 보았다. 긴 호흡의 고전 문학작품의 경우 앞과 뒷 내용을 기억하지 못하면 집중력이 흐려져서 읽히지 않는다. 그래서 챕터별로 키워드 몇 개 적어 두고 기억에 남는 내용을 중심으로 소감을 적어두고 책을 덮었다. 다시 읽더라도 기록한 앞 단락 내용을 살펴보며 책 읽기를 하니 내용을 이어 갈 수 있었다. 300페이지 넘는 안네 프랑크의 『안네의 일기』와 니코스 카잔차키스가 쓴 『그리스인 조르바』는 그렇게 읽어 낸 책이다. 읽는 재미가 있으니 재독하고 싶다는 마음이 들어서 몇 년 뒤 다시 읽기도 하였다. 이런 책 읽기 과정을 통해 공부 잘하는 사람의 공부법이 따로 있듯이 독서도 잘할 수 있는 독서법이 있다는 걸 새삼 느꼈다.

이렇게 읽어 나갔던 독서법은 어느 날부터 책 속에 기록이 아니라 한 눈에 볼 수 있게 노트 기록으로 넘어갔다. 책 속에 기록으로 남겨 둔 책을 다시 읽거나, 그 책을 토론할 때는 좋으나 한눈에 볼 수 없어서 아쉬웠다. 노트로 옮겨서 기록하니 장점들이 많았다. 종종 책 속에서 만난 좋은 문장도 노트에 따라 써 보았다. 아이디어가 샘솟는 문장을 보면 노트에 기록하고, 굵직한 색 펜으로 언제든 알아보기 쉽게 tip이라고 적어 두며 실천한다.

기록하며 읽는 독서법

9

발제하기 위한
독서

"저, 책 안 읽었는데 참여해도 되나요?"

책 모임을 운영하다 보면 이런 분들이 종종 있다. 책을 안 읽었으니 참여할 수 없다고 말할 수 없다. 책을 안 읽은 사람도 모임에 참여할 방법은 없을까? 고민 끝에 찾아낸 게 바로 발제문 방식의 책 모임이었다.

10년 동안 이어 갔던 책 모임은 책을 읽고 와서 자유 토론하는 방식이었다. 각자 자연스럽게 읽고 온 책에 대해 소감을 나누는 식이다. 무턱대고 운영한 초짜 북 리더의 책 모임이었다. 어떤 때는 책 내용과는 다르게 배가 산으로 올라가는 경우도 빈번했다. 특히나 책을 읽고 오지 않은 사람이 말을 많이 하는 예도 있었다.

토론 방법을 바꿔야 할 필요성은 느꼈다. 그러다 코로나 시국 이후 발제 방식의 토론으로 진행을 해 보았다. 발제란 요약 정리해서 다른 사람에게 설명하는 것이다. 이렇게 책 모임을 진행하니 책을 읽어 오지 않은 사람도 어느 정도는 토론 주제에서 벗어나지 않게 발표를 했다. 실제 발제는 다양한 방법이 있다. 워드로, 파워포인트로, 마인드맵으로, 주요 부분 스캔해서 발제하는 방법이 있다. 나는 손 글씨로 책을 요약하고 발제문을 만들었다. 컴퓨터나 스마트 기기를 활용한 기계적인 발제문보다는 내 손 글씨로 책을 요약한 발제문을 사람들은 좋아했다. 한 권의 책을 단 몇 장으로 요약하는 방법을 배워볼 수 있으니 더 좋아한 듯하다. 그렇게 시작된 발제를 하기 위한 책 요약 노트가 현재 22권이 되었다.

발제하기 위해 책을 읽는다고 생각하면 집중해서 읽게 된다. 발제의 형식에 얽매이지 않고, 우선 책을 꼼꼼히 읽는 걸 목표로 한다. 발제 독서로 책을 꼼꼼히 읽는 방법은 아래와 같다.

첫째, 발제하기 위한 책은 최소 두 번 이상 읽는다. 처음 읽을 때는 전체적인 책의 내용을 파악하며 읽는다. 두 번째 읽을 때는 좀 더 집중해서 읽으며, 장마다 작가가 이야기하는 주요 내용은 무엇인지 찾아가며 읽는다. 형광펜으로 줄을 긋고 볼펜으로 내 경험과 소감도 책에 기록해 둔다. 항상 그렇게 읽어 내는 건 아니지만 노랑, 빨강, 파란색 포스트잇으로 책 귀퉁이에 표시해 둔다. 책을 읽고 새롭게 알게 된 사실은 파란색 포스트잇, 깨달은 내용이라면 노란색 포스트잇, 적용할 점이 있다면 빨간색 포스트잇을 붙인다. 포스트잇 붙인 곳을 중심으로 이야기를 나누면 훨씬 토론이 수월하다.

"이번에 제가 새롭게 알게 된 사실은요. 깨닫게 해 준 부분은요. 내 삶에 적용할 부분은요." 하면서 말이다.

둘째, 한 챕터(목차) 읽기가 끝나면 독서 노트에 정리해둔다. 중요한 내용이 눈에 선명하게 들어오도록 색색의 형광펜과 볼펜으로 정리한다. 소제목은 굵직한 사인펜으로 정리하고 목차별 주요 내용은 될 수 있으면 노트 한 장으로 정리하면 좋다. 모든 목차를 정리할 필요는 없다. 중요하지 않다고 생각되는 목차는 생략하고 어떤 경우에는 목차 두세 개가 한 장으로 요약되기도 한다.

셋째, 노트에 정리된 내용은 글씨가 깨끗하게 보이는 'camscaner' 앱 기능으로 사진 찍어 발제문 ppt를 만든다.

발제에 들어갈 ppt 정리를 좀 더 소개해 보겠다. 책에 대한 요점 정리뿐만 아니라 작가 소개도 요약 정리한다. 작가가 쓴 다른 책도 안내해 보고, 모임 책과 관련된 다른 종류 책도 때로는 소개한다. 예를 들어『아주 작은 습관의 힘』토론이라면 습관 관련 다른 책을 소개해 참여자들이 독서에 흥미를 유발할 수 있도록 한다.

ppt 자료와 함께 본격적인 발제 책 토론을 들어가기 전 질문지를 만들어 본다. 대략 5~6개 정도 질문지를 만든다. 그중에 각자 마음에 드는 한두 개 질문으로 발표한다던가 아예 정해 줘도 좋다. 질문지에 없는 발표를 해도 좋다.

『아주 작은 습관의 힘』책으로 만든 질문의 예를 들어 보면 아래와 같다.

1. 나의 좋은 습관 & 나쁜 습관은 무엇인가요?
2. 나는 왜 좋은 습관을 만들고 싶은가요? 나는 왜 변화하고 싶은가요?
3. 요즘 나의 좋은 습관을 소개해 보세요. 노하우가 있다면 나눠 보세요.
4. 책에서 '낙담의 골짜기' 내용이 나오는데 그 부분을 다시 살펴보고 그와 같은 경험이 있는지 이야기해 봐요. 낙담의 골짜기를 이겨 낸 이야기도 좋고요.
5. 나는 어떤 사람이 되고 싶은가요?

이런 식으로 질문지로 나누고 싶은 내용을 선택해서 자유롭게 토론을 하면 된다. 토론의 경험이 없는 초보자들 책 모임에는 특히 질문지가 필요하다. 이것 말고도 책을 읽고 생각나는 3가지 키워드를 책 맨 앞 장에 날짜와 함께 적고, 키워드로 토론해 봐도 좋다. 책 읽기를 안 한 사람의 경우 발제한 내용이 있고 질문지가 있기에 충분히 토론 참여가 가능하다. 이것을 나는 '들깨적'이라고 한다. 들깨적이란 '듣고 나서 깨닫고 적용한다.'라는 뜻이다. 들깨적은 책을 읽어오지 않은 사람들이 부담 갖지 않고 책 토론에 참여할 수 있어 좋다.

다시 말하지만, 발제란 요약 정리해서 다른 사람에게 설명하는 것이다. 책 한 권을 읽고 누군가에게 책 내용을 소개해 보는 것, 이거야말로 성장할 수 있는 독서다. 어느 정도 독서 습관이 되었고 독서력을 높이고 싶은 분들이라면 단 한 권이라도 발제 독서를 해 보면 좋겠다. 단 한 사람 앞에서라도 노트에 요약된 책 내용을 발제해 보면 금상첨화겠다. 책의 내용을 깊게 이해하고 기억할 수 있으며 효율적인 독서 방법이 되겠다.

2017년부터 독서 정리 기록! 총 22권이 됨(현재 2025. 1월)

나는 읽고 쓰고 기록한다

10

독서! 인풋만큼 중요한 아웃풋

자기 계발한다고 열심히 공부하는 사람들을 수없이 보았다. 몇 년간 꾸준한 자기 계발로 자격증을 여러 개 취득했다는 사람도 있다. 열심히 살아왔다는 증거는 맞다. 그런데 "앞으로 어떻게 살아가야 할지 모르겠어요."라고 말한다면 제동을 걸어 봐야 한다. 습관적으로 자기계발을 하는 건 아닌지, 타인의 성공만 쫓아가고 있는 건 아닌지 말이다.

열심히 독서는 하는데 성과물이 없다며 책을 읽어서 뭣하나 회의적인 분들도 만났다. 배우기는 배웠으나 내 것으로 만드는 과정이 빠져 있고 익히는 과정이 빠져 있는 것이다. 어떤 배움이든 배운 것을 자기화하는 과정은 필요하다. 독서도 마찬가지다.

박상배 작가의 『본깨적』333재독법과 연결 지어 본다. 독서를 어떻게 하면 잘할 수 있을까 하고 독서법 관련 책 읽기 하다 찾아낸 책이다. 성과를 낼 수 있는 독서법을 찾았다.

> "333재독법은 책을 읽고 기억에 남는 내용을 3일 동안 3명에게 3분 동안 이야기하는 것이다."
>
> – 박상배, 『인생의 차이를 만드는 독서법 본깨적』

책을 읽고 기억에 남는 내용을 3일 동안 3명에게 3분 동안 이야기하는 333재독법이라는 독서법을 알았다. 이렇게 하면 책을 다시 읽은 것과 비슷한 효과를 얻을 수 있다고 한다. 책을 읽으면 밑줄 긋기에 부담스러워하는 사람들이 있다. 책이 지저분해지는 게 싫다며 신줏단지 모시듯 깨끗이 읽어야 한다는 사람도 있다.

책 살 돈이 아까워서 책을 사지 못하고 도서관에서 빌려보는 사람들이 있다. 물론 모든 책을 사서 읽을 필요는 없지만 내게 좋은 책이라면 밑줄 그으며 지저분하게 읽어야 내 것이 된다. 『인생의 차이를 만드는 독서법 본깨적』 333재독법이 소개된 부분에서 빨강, 파랑색 볼펜을 이용해 밑줄 긋고 내 생각을 적어 보았다. 적용점은 빨간색으로 적어 둔다. 거기다 노란 색연필을 이용해서 밑줄 그은 부분이 더 선명하게 보이도록 색칠을 진하게 해 둔다.

예를 들어 위의 책을 예시로 들어 보자. 3일 안에 3명에게 3분 동안 책 이야기를 해 보라는 부분에 노란 색연필로 밑줄을 긋고 3일, 3명, 3분 이런 키워드에 빨간색으로 동그라미를 표시해 둔다. 줄 그은 부분 책 귀퉁이에는 누구에게 알릴 것인지 3명의 이름도 적어 둔다. 그리고 실행한다.

색색의 다양한 펜과 색연필을 활용하는 이유는 다시 펼쳐 봤을 때 눈에 잘 들어오기 위함이다. 이 책을 만약 도서관에서 빌려 읽었다면 이렇게 할 수 있겠는가? 그리고 책은 깨끗하게 읽는 거라고 고집부리며 독서를 했다면 이렇게 내 생각을 책 속에 기록할 수 있겠는가? 『인생의 차이를 만드는 독서법 본깨적』은 총 다섯 번 읽었다. 읽을 때마다 예전에 밑줄을 치고 아이디어를 기록했던 부분이 나오면 잘하고 있는지 점검도 해볼 수 있어서 좋다.

333 재독법은 꼭 전체 내용을 이야기하지 않아도 된다. 책을 읽다 보면 '아, 이건 이 사람에게 들려주면 좋겠다.' 하는 부분을 만날 것이다. 그걸 놓치지 않고 친구, 동료, 가족 등 일상생활에서 만나는 사람들에게 들려주면 된다고 박상배 작가는 말한다. 책 내용을 기억하는 데도 도움이 되고 이거야 말로 아웃풋이란 생각이 들어 지금도 실천하고 있다.

최고의 독서 아웃풋은 뭐니 뭐니 해도 책 모임을 만들어서 운영해 보는 것이다. 실제 모임을 운영하다 보면 책임감이 생기고 독서를 더 잘하게 된다. 15년 넘게 오프라인에서 재능 나눔으로 책 모임을 이끈 경험이 있는 나는 최대의 수혜자다. 독서 토론을 잘 끌어내기 위해서도 더 열심히 읽어야 했고, 무던히 애를 썼다. 그런 경험이 있었기에 성인 독서코칭 수업도 할 수 있었다. 책 모임이라 해서 거창하게 시작할 필요가 없다.

"몇 달 전에 함께 읽은 공대생이 읽어야 할『시를 잊은 그대에게』책을 우리 학교 국어 선생님에게 선물했더니 고맙다며, 어쩜 이렇게 좋은 책이 있냐 하더라고요. 책 선물하면서 기분이 너무 좋았어요."

고등학교에서 중국어 수업을 하는 선생님의 이야기다. 독서 코칭 수업을 공부했던 힘으로 독서 모임도 곧 주관해서 할 것이라고 했다. 책 선물 받은 분이 먼저 책 모임을 하자 제안했고 현재 4명이 독서 모임을 하고 있단다. 이것이 바로 독서 아웃풋이다.

어떤 일을 하든지 아웃풋은 쌓아 둔 인풋이 있어야 나올 수 있다. 스마트한 세상에서 누르기만 하면 손쉽게 찾아내는 정보 또한 인풋이다. 독서도 인풋이다. 독서로 쌓아가는 인풋은 언젠가는 인생의 차이를 만들어가는 아웃풋이 될 것이다. 보이지 않게 사고의 폭은 확장이 될 것이고 눈에 보이지 않게 달라진 나를 만날 수 있을 것이다. 습관적인 독서에 '작은 목표'를 설정해서 읽어 나가는 방법, 내가 읽어서 조금이라도 좋은 게 있다면 누군가에게 나눠 보길 바란다. 아웃풋은 거기서부터 시작이다.

3장

쓰는 법

초보 작가들을 위한 글쓰기의 첫걸음

"독서는 인간을 인간답게 살아갈 수 있게 도와줄 것이다.

글쓰기는 말과 다른 표현의 도구로 나를 더 확장해 줄 것이다.

글쓰기는 하루아침에 되는 일이 아니다.

꾸준한 글쓰기 습관으로 지금보다 더 큰 나의 가치를 만들어 가길 바란다."

1

글,
왜 써야 할까요?

'책 읽기도 바쁜데 쓰기까지 왜 해야 하나요?'라고 할 수도 있겠다. 대학에서는 신입생을 위한 글쓰기 프로그램이 대세라고 한다. 2000년대 스마트폰의 등장으로 글쓰기가 더 중요해졌다는 걸 인지하고 있는가? 지식 기반 사회와 통신 기반 사회를 살아가고 있는 우리에게 어쩔 수 없이 글쓰기를 해야 할 일이 많아졌다.

이메일, 홈페이지, 블로그의 글과 스마트폰 속 카톡만 하더라도 글을 써야 소통할 수 있다. 자기를 표현하는 방식 중에 하나로 글쓰기는 이제 우리가 사는 세상에서 필수가 되었다. 꼭 글을 써야 하는 직업이 아니더라도 우리는 알게 모르게 글쓰기의 필요성을 느낄 때가 종종 있을 것이다. 15년 전 글쓰기를 배워 보겠다고 내게 찾아온 50대 중반의 엄마 이야기로 누구에게나 글쓰기가 필요하다는 걸 알릴 수 있겠다.

내게 찾아온 50대 중반 엄마는 아이 둘을 키우며 창피해서 학교 참관 수업을 못 간 적이 있다고 호소했다. 글쓰기 때문이란다. 내가 적어둔 '아이들 독서 지도 전문 상담합니다.'라는 2층 베란다 홍보 문구를 보고 당연히 자녀 독서 상담을 위해 찾아왔겠거니 생각했다.

"제가 글쓰기를 하고 싶어서 찾아왔어요."

아이들 독서와 글쓰기 지도만 했지, 성인 대상은 가르쳐 본 경험이 없는데 수업을 받고 싶다니 당황스러웠다. 나보다 나이 많은 어른도 가르쳐 본 경험이 없었기에 고민이 됐다. 왜 글쓰기를 하고 싶냐는 질문에 이렇게 대답했다.

"살면서 글 쓸 일이 참 많아요."

대답 또한 의아했다. 무슨 일을 하길래 살면서 글 쓸 일이 많다는 것일까? 상담을 깊이 들어가면 갈수록 흥미진진했다.

"지금은 애들이 다 컸기에 그런 일은 없지만 아이 둘을 키우면서 엄마 역할도 힘들다는 것을 알게 되었죠. 쓰기가 안 돼서 종종 애를 먹었어요. 학교 참관 수업을 가면 맨 마지막에는 참관 후기를 쓰라고 하잖아요. 단 몇 줄만 쓰면 되는 일인데도 매번 소감 쓰기 때문에 학교 참관 수업을 가기가 싫더라고요."

두 아이가 다닌 초등학교 6년만 계산해 보더라도 한 아이당 총 여섯 번 참관 후기 때문에 힘들었다는 이야기였다. 아이 둘을 합하면 열두 번 등줄기에서 땀이 솟구쳤다는 상담자의 고민을 들어 보니 얼마나 용기 내서 나한테 찾아왔을까 싶었다. 중학교 글쓰기 시간 때 선생님에게 '이게 글이야.'라며 머리를 쥐어박힌 뒤로 글쓰기가 두려운 일이 되었다고 말했다.

일종의 글쓰기 트라우마를 겪은 것이다. 트라우마는 정신에 지속적인 영향을 주는 격렬한 감정적 충격을 말한다. 글쓰기를 못한다고 선생님이 머리를 쥐어박았던 오래된 사건 하나가 평생을 따라다닌 것이다. 참관 수업 소감이라 해 봐야 몇 줄 쓰면 충분할 텐데 한 줄 소감 쓰기조차도 힘든 이유를 찾아냈다. 그렇게 해서 그분과는 독서 지도를 포함해서 글쓰기 수업을 진행했고, 한 시간 반 수업을 3시간 넘게 한 적도 많았다. 글쓰기 트라우마 극복하기 수업은 산 넘어 산이었다. 현재 안고 있는 자신의 고민, 결혼 생활의 힘든 점을 다 풀어놓았다. 그때 알았어야 했다. 자신의 트라우마는 어디다 풀어만 놔도 풀린다는 사실을.

15년도 훨씬 지난 이야기지만 종종 생각난다. 이분의 사례 말고도 쓰기가 평범한 사람들에게도 갈수록 중요해진 시대가 왔다는 것을 느낀 일이 또 있다. 독서 수업하면서 아이들 팀별로 엄마들 대화방을 열 개 정도 만들어 소통하고 있었다.

"어제 아이들 수업 후 올려준 내용을 보고 감사의 댓글을 쓴다는 게 밤새도록 몇 번을 썼다 지웠다 썼다 지웠다 했는지 모르겠어요."

왜 그랬냐 했더니 '혹시나 내 댓글을 보고 다른 엄마들이 이상하게 생각하지 않을까?' 하고 내 댓글에 자신감이 없어서 올리지 못했다고 했다. '아, 그럴 수도 있겠구나.' 처지를 바꿔서 생각하니 충분히 이해되었다.

앞으로 우리 사회에서 글쓰기가 차지하는 비중은 날로 커질 것이다. 통신기반 사회를 살고 있는 21세기는 글쓰기 시대라 해도 맞겠다. 글쓰기는 말과 다른 표현의 도구로 나를 더 확장해 줄 것이다. 글쓰기는 하루아침에 되는 일이 아니다. 꾸준히 글쓰기 습관으로 지금보다 더 큰 나의 가치를 만들어 가길 바란다.

2

일기로 가장 쉽게
시작하세요

"오늘도 여느 때처럼 평범한 하루였다. 너무 평범해서 지루했다. 현석이와 같이 놀지도 못했다. 너무 지루하고 평범해서 집에 갈 때가 가장 기뻤다. 이렇게 평범할 때는 꽤 심심하다. '오늘같이 지루한 날이 내일에도 이어질까?'라는 생각도 해 보았다. 집에 와서 놀려고 해도 놀 게 없어 책이나 TV로 시간을 보냈다. 드디어 동생이 오자 내 마음에도 활력을 되찾은 것 같다. 민서와 놀려도 해도 놀 기분이 아니어서 집에 와 지후와 함께 노는 것이다. 줄넘기 급수 시험은 언제 보는지 모르겠다. 나는 내가 재미있다고 느낄 때는 재미있어 한다. 하지만 오늘은 예외다. 이렇게 평범한 하루를 좋은 하루로 바꾸기 위해 노력 좀 해야겠다."

-2015년 11월 5일 목요일 큰아이 유찬이 일기 중에서

큰아이가 쓴 11살 때 일기 내용이다. 초등학교를 다니며 6년간 쓴 일기장이 50권이 넘는다. 독서 지도사로 일을 하지 않았더라면 글쓰기의 중요성을 알지 못해 아이의 일기 쓰기는 뒷전이었을 것이다. 글쓰기 습관을 만들고 연습할 방법은 일기 쓰기만큼 좋은 게 없다. 엄마인 내가 시켜서 꾸역꾸역 쓴 일기 쓰기가 대부분 차지하지만 그렇게라도 일기 쓰기를 꾸준히 이어 간 일은 잘한 일이다. 앞으로 큰아이의 50권 일기장은 가족의 역사책이요, 자신의 역사책이 될 것이다.

최근 만난 커뮤니티 멤버 중에 일기 쓰기를 꾸준하게 해 온 분을 만났다. 매일 저녁 손으로 쓴단다. 깨알같이 쓰인 일기 노트에는 자신의 삶을 성찰하는 글도 꽤 있었고, 자작시도 제법 쓰고 있었다. 앞으로 시집을 출간해 보겠다는 야무진 꿈도 있었다.

일기 쓰기는 글쓰기의 시작이다. 꾸준한 일기를 쓰다 보면 자연스럽게 표현 능력과 글쓰기 실력 향상으로 이어진다. 한 줄 글쓰기도 힘들어했던 내가 이렇게 책 쓰기까지 할 수 있었던 저력은 바로 일기 쓰기 덕분이다. 초등학교 6학년 때 담임선생님에게 일기 쓰기 칭찬을 받아서 썼던 일기, 고등학교 때는 단짝 친구와 단둘이 썼던 교환 일기, 20대 초반 서울 상경해서 힘들었던 시기에 썼던 치유 일기, 잘 쓴 글은 아니었지만, 항상 글쓰기는 내 삶에 붙어 다녔다.

30대 중반엔 두 아이의 태교 일기부터 육아 일기는 7년 넘게 미니홈피에 썼고, 아이들 독서 수업 일기는 카카오스토리에 10년 넘게 썼다. 지난 7년간 자기 계발하며 쓴 다양한 일기 쓰기는 성장의 촉진제 역할을 해 주었다. 성공 일기와 절기 일기, 하루 5분 일기가 그렇다. 이런 다양한 일기 쓰기는 글쓰기의 재료를 만들어 준 귀한 글감이 되었다.

첫 번째로 성공 일기와 실패 일기는 100일간 썼다. 성공이라 하면 우리는 대단한 성공만을 말한다. 그런데 100일간 매일매일 내가 하루에 해낸 일을 5가지 성공 일기로 쓰면서 성공의 해석을 달리했다.

1. 큰아이에게 일기 잘 썼다고 칭찬한 일
2. 새벽 기상 한 일
3. 하루 5분 일기 쓴 일
4. 바인더 쓴 일
5. 오늘 하루 애썼다고 나에게 칭찬한 일

평소 생각하지 못한 성공이었다. 이런 일을 성공이라고 스스로 붙여 주니 더 의미 있었다. 어느 날 도저히 성공이라고 부를 수 없는 힘든 날도 있었다. 학부모와 관련된 일이 크게 두 건이 터졌는데 저녁에 성공 일기를 쓰면서 생각을 뒤집어 보았다.

『이기는 습관』에서 실패에 대한 긍정적 태도를 기르라고 했지? 실패를 많이 했다는 건 그만큼 도전을 많이 했다는 증거라고. 어떤 회사는 실패를 많이 한 사람에게 상을 준다고.'

상황을 객관적으로 분석해 보았다. 성공 일기가 아니라 그날만큼은 실패 일기를 써 보자 하고 하나하나 써 내려갔다. 일단 서로에게 잘못은 없는가? 각각의 입장이 되어 보았다. 내 잘못도 있어서 학부모에게 사과하고 상황 설명을 했다. 상대도 미안함을 전하며 수긍했다. 실패 일기를 쓰지 않았다면 스트레스로 며칠 끙끙 앓았을 일인데 문제점과 대책까지 마련하니 머릿속이 개운했다.

다음으로 쓴 절기 일기는 나의 새벽 기상 습관을 도왔다. 2017년 5월 28일 첫 새벽 기상은 시작은 독서 좀 더 하겠다고 일어났지만, 동네 한 바퀴 산책하고 절기 일기를 썼다. 절기 일기에는 그날의 자연 현상, 꽃과 나무, 날씨를 관찰하고 느낀점을 썼다. 숲 해설 교육자들을 위한 숲 공부 모임에서 생태 숙제를 하기 위해 절기 일기를 썼는데 삶의 긍정적인 변화도 주었다. 새벽 기상이 습관화되었고, 일상을 관찰하는 섬세한 눈도 생겼다. 집 주변 굴포천에서 여름날 맹꽁이를 직접 눈앞에서 관찰하며 울음소리를 들었던 일이 가장 기억에 남는다. 계절마다 피고 지는 꽃과 나무의 변화를 감상하고 삶을 돌아보는 시간을 누렸다. 또한, 새벽 기상을 통해 날마다 변화된 내 모습을 기록하면서 삶이 건강해졌다.

다음으로 하루 5분 일기다. 새벽 기상 2년 차 때 어떻게 하면 새벽 기상을 잘할 수 있을까 고민하던 시기 『하루 5분 아침 일기』를 발견했다.

"지금 세상에서 가장 성공한 사람들은 매일 아침, 이 책을 펼친다."

-인텔리전트 체인지, 『하루 5분 아침 일기』

일기 맨 앞 장에 쓰여 있는 문구부터 시선을 사로잡았다. 3가지 감사한 일을 매일 쓰고, 하루 계획과 목표도 적었다. 매일 똑같이 던지는 질문에 글 쓰는 일은 지루하기 짝이 없었지만, 하루하루 긍정의 힘을 만들어갔다. 뻔한 감사지만 가족들을 더 생각하게 되었고 주변 사람들을 더 들여다보았다. 작정하고 감사할 일을 찾다 보니 어느새 그 감사가 진심이 되고 일상이 되었다.

큰아이의 일기 소개부터 내가 쓴 다양한 일기 쓰기를 돌아보며 글쓰기 시작하는 분들에게 추천하고 싶은 최고의 글쓰기 교육은 일기 쓰기라는 것이다. 다양한 일기를 쓰면서 나만의 독특한 글의 재료가 된 일은 특히 좋았다. 사회적으로 성공한 유명인들이 공통으로 가졌던 습관 중의 하나가 일기 쓰기가 있었다는 점을 잊지 말자. 나의 하루를 더 행복하고 풍요로운 날로 만드는 방법, 하루하루 일기 쓰기로 인생의 보물 창고를 하나 지어 보길 바란다.

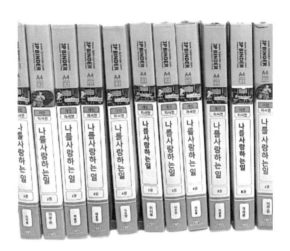

큰아이&작은아이 6세부터 초등학교 6년 동안 쓴 100권의 일기장

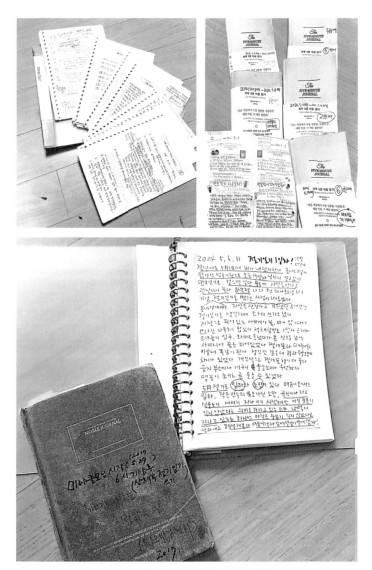

성공 일기&절기 일기&하루 5분 일기

3

하루 한 장 논어 따라 쓰기

"우리가 알고 있는 문학의 대가들 말이죠. 대부분 필사를 손에 물집이 잡힐 정도로 했어요. 글쓰기를 잘하고 싶다면 필사부터 해 보세요."

대학 재학 시절 교수님들에게 이 말을 듣고 오정희, 박완서 작가의 단편 소설 몇 편을 필사한 적이 있다. 그때 이후로는 한 번도 필사하지 않았다. 잊고 있었던 필사는 10년 전 이지성 작가의 『리딩으로 리드하라』를 읽으면서 되살아났다.

인문 고전 독서 교육 방법론으로 작가는 '필사하게 하라.'를 강조했다. 그동안 나는 논어에 대한 선입견이 있었다. 어려운 책이고, 그건 학자들이나 읽는 책이라 단정 지었다. 일반인들은 읽을 수 없는 높은 장벽이 있는 책, 내게 논어는 그런 책이었다. 그런데 이지성 작가는 초등학교 교사 시절 아이들과 논어 필사를 했단다. 나도 아이들 독서 교육을 하고 있기에 논어 필사를 수업에서 적용하고 싶었지만, 논어를 읽어보지 않았기에 불가능했다.

먼저 큰아이에게 『논어』 한 구절씩 읽어 주며 익히려 했는데 그것마저도 쉽지 않았다. 여러 실패를 거듭했지만 내 머릿속엔 『논어』가 사라지지 않았다. 다시 한번 기회를 만들어 보고자, 부천도서관 책 모임에서 격주제로 논어 필사를 제안했었는데 그 일도 물거품이 되었다. 필사하려고 사 두었던 논어책은 서재 책꽂이에서 항상 나를 째려보고 있는 듯했다. 읽는다고 사 두었는데 왜 읽지 않고 모셔두고만 있냐고.

실패를 거듭한 '논어' 읽기를 다시 도전한 건 바로 2018년 미라클 모닝 2년 차 때다. 새벽 5시 기상으로 최소 2시간 넘는 새벽 시간을 무엇으로 채워 갈까? 『마흔, 논어를 읽어야 할 시간』이 눈에 띄었다. 새벽 기상 첫 번째 루틴으로 '논어'를 필사해보자고 정했다. 총 101장이고 101일 동안 논어 필사 프로젝트로 딱 맞았다.

매일 한 구절씩 읽고 좋은 문장에 밑줄 긋고 내 생각을 적는 방식으로 필사했다. 책의 구성을 살펴보면 "공선생이 말했다."라며 공자의 말씀을 시작으로 해석이 나온다. 다음엔 작가의 생각을 보탠 재해석으로 논어

한 구절 마무리가 된다.

　논어 필사하는 순서로는 우선 한 꼭지 글의 제목을 그대로 적는다. 공자의 말씀〈승당편〉은 한문까지 그대로 노트에 옮겨 적는다. 작가의 해석에서 좋은 문장은 빨간펜으로 밑줄 긋는다. 작가의 해석은 공자님 말씀과 어울리는 사례를 들거나 독자에게 들려주고 싶은 조언이나 응원, 지혜를 나눠 주기도 한다. 서양 철학과 동양 철학을 오랜 시간 연구한 작가가 논어를 쉽게 풀어서 해석해 주니 어렵게만 생각했던 공자님 말씀이 이해가 되었다.

　하루 한 구절씩 노트에 논어 글귀를 채워나가는 재미는 성취감을 안겨주었다. 101장을 언제 끝내나 했는데, 3개월을 훌쩍 넘기고 필사한 지 4개월이 되었을 때 마무리되었다.

　혼자 하는 필사는 외롭고 고독했다. 그런데 어느 순간 새벽마다 공자 공동체에서 놀고 있다는 생각마저 들었다. 『마흔, 논어를 읽어야 할 시간』을 2018년 7월 9일 월요일 새벽 3시 55분 기상해서 필사한 첫 번째 내용은 이렇다.

　　"잘못을 고치기에 우물쭈물하지 말라(물탄개과 勿憚改過) 공선생이 말했다. 자율적 인간이 무겁게 굴지 않으면 권위가 서지 않고 그럴 경우 배운 게 있더라도 굳건하지 않게 된다."

- 신정근, 『마흔, 논어를 읽어야 할 시간』

"누구에게나 단점은 있다. 잘못은 할 수도 있다. 자신의 단점을 정면
으로 바라보고 설사 잘못을 했다 하더라도 입 다물고 있는 것이 아니
라 꼭 미안하다고 얘기를 해야 한다. 이로써 나를 더 바른 사람으로
만들고 또 주변 사람들을 기분 상하지 않게 한다. 나아가 더 발전된
관계로 만들어 갈 것이다. 그러면서 내 편도 생긴다."

- 내 생각

이런 식으로 101일을 한 꼭지 한 꼭지 이어가며 완성했다. 필사한 논
어 노트는 사진을 찍어 블로그에도 기록해 두었다. 논어 필사 101일을
마치고 필사에 대한 즐거움을 알아가니 시 필사도 해 보고 싶어 100일을
채웠다. 논어 필사처럼 똑같이 시 필사를 하고 감상한 내 소감을 썼다.

논어 필사를 하며 좋은 점이 뭐냐 묻는다면 매일 규칙적으로 필사하
고, 자기 생각을 이어가니 글쓰기에 대한 자신감도 생겼다. 필사하니 논
어를 이해하는 데 도움이 되는 건 당연했다. 어휘력, 표현력까지 기를
수 있었다. 한 꼭지마다 작가가 어떤 메시지를 주기 위해 글을 썼는지
생각하며 읽고 내 생각을 보태다 보니 글쓰기의 성장은 덤으로 늘었다.

나는 논어책을 이해하고 싶었고 논어 읽기로 글쓰기도 잘하고 싶은 마음도 있었다.

'논어' 읽기를 끝까지 포기하지 않았던 이유는 왠지 그래야만 좋은 글도 쓸 수 있을 것 같았기 때문이다. '논어' 필사를 하며 지금의 나보다는 좀 더 나은 나도 되고 싶었다. '논어'는 눈으로 읽는 책이 아니라 손으로 읽는 책이었다. 공자는 '논어'에서 세상 사람들을 괜찮게 만들어서 사람 사이를 아름답게 물들이는 품격을 이야기하고 있다. 점점 나도 괜찮은 사람으로 물들어 가고 있는 중이다.

논어를 읽으면 좋은 점

논어는 죽기 전에 꼭 한 번은 읽어야 할 책!

1. 논어를 읽으면 인격 수양이 됩니다. 논어는 공자와 그 제자들의 대화를 담은 책으로 인격을 수양하는 내용이 많이 담겨 있습니다.

2. 논어를 읽으면 인간관계를 배울 수 있습니다. 인간관계에 대한 이해와 소통 능력도 높일 수가 있습니다.

3. 논어를 읽으면 리더십을 배울 수 있고 그 역량을 높일 수 있습니다.

4. 논어를 읽으면 중국의 역사와 문화를 이해하는 데 도움이 됩니다.

5. 논어를 읽으면 사고력을 향상할 수 있습니다. 사고를 할 수 있는 깊이 있는 내용을 담고 있습니다.

6. 논어를 읽으면 세상을 보는 눈이 달라집니다.

7. 논어는 동양 고전 중에서도 으뜸이고 수천 년을 뛰어넘어 공자라는 위대
   한 스승을 직접 만날 수 있습니다.

* 제아무리 좋다는 '논어'라도 읽고 나서 생각하고 실천하지 않으면, 마치
   나귀가 책을 싣고 돌아다니는 것과 다를 바 없겠지요?

'논어' 필사 노트 7권

4

글쓰기의 시작,
글감 찾기

집필실로 활용하는 집 근처 서유당에 왔다. 종일 책 쓰기를 한다고 봄이 오는 것도 모른 채 지나가 버린다면 억울할 것 같아 서유당 뒷동산을 거닐고 쓰기로 했다. 야트막한 야산이 있어 책을 읽다가도 머리 식힐 겸 종종거리는 곳이다. 산에 올라가는 진입로에 봄꽃 개나리가 움트기 시작했다. 다음 주 정도면 샛노란 꽃으로 둔갑할 것 같다. 문득 개나리꽃 피기 전 움튼 가지를 보니 초등학교 6학년 때인가 일기장에 썼던 시가 생각이 났다. '우리 집 울타리 개나리' 제목까지 생각난다.

집 주변으로 수숫단을 엮어 울타리를 만들어 놓은 귀퉁이 공간에 나는 작은 화단을 만들었다. 그곳에 학교 화단에서 몇 개 꺾어온 개나리도 꽂아 두고, 무궁화도 꽂아 놓았다. 여름이면 채송화꽃도 심어 두었다. 봉숭아도 심어 놓아 여름날 손톱에 봉숭아 물도 들였다. 이렇게 보니 어릴 적 내 취미는 화단 가꾸기였었다. 누가 시키지 않았는데 땀을 뻘뻘 흘려가며 화단 주변으로 돌담도 만들었다. 피식 웃으며 글감 하나가 생각이 났다. 언젠가 어릴 적 나의 취미 활동에 대해 글을 쓰려고 글감 노트에 적어 두었다.

이런 식으로 툭툭 튀어나오는 추억도 글감이 될 수 있다. 쓰기 시작할 때 특별한 재료로 글쓰기를 해야 한다는 생각부터 버려야 한다. 글 쓸 재료를 찾느라 고심하다 보면 글은 쓸 수가 없다. 좋은 식자재를 종일 찾느라 배는 고픈데 요리하지 못하는 것과 같다.

"글을 쓰긴 써야 하는데, 뭘 써야 할지 모르겠어요. 쓸 게 없어요."

글쓰기를 시작하는 사람들 대부분의 고민이다. '쓸 게 없어요.'라는 말은 다른 식으로 표현하자면 글감이 없다는 것이다. 글감이란 글을 쓰는 데 바탕이 되는 재료를 말한다. 글의 재료가 있어야 글을 쓴다. 글감을 구하지 못해 글쓰기를 어려워하는 사람들, 없는 것이 아니라 찾지 못하는 것이다. 글 쓰는 일이 익숙하지 않은 사람은 글감 찾는 일부터 어려워한다. 그렇다면 글감은 어디서 찾아야 할까?

첫 번째, 반복적으로 이루어지는 일상의 패턴에서 글감을 찾으면 좋다. 육아 중인 부모라면 아이들과 함께 지내는 일상에서 찾아보면 된다. 하교 후 아이들 간식 챙겨 주기, 아이들 숙제나 공부 돕기, 준비물 챙겨 주기, 저녁 식탁 차림도 글감이 된다. 책으로 육아하는 부모라면 아이와 함께하는 독서 활동이 글감이 될 수 있다.

육아하는 가운데 나를 위한 시간 보내기가 있다면 그것 또한 좋은 글감이다. 예를 들어 아이들 학교 가고 없는 오전 시간에 청소를 마치고 커피 한 잔 여유를 즐기고 있다면 그것도 글감이 된다. 날마다 하는 운동이 있다면 그것도 좋은 글감이다. 매일 운동으로 삶의 에너지를 얻는 육아 중인 엄마의 일상, 태어나 처음으로 하는 육아 이야기, 육아 중인 엄마를 위한 커피 한 잔 이야기, 아이들을 위해 손수 만든 간식이나 집밥을 차리는 게 즐거운 엄마라면 음식이 취미인 육아 중인 엄마 이야기, 이런 소재들로 글쓰기를 이어 나간다면 자신의 성장 이야기가 된다.

내 주변에는 3년 동안 매일 같이 만 보 걷기를 하는 분이 있다. 매일 만 보 걷기를 하기 위해 그날그날 있었던 일이 분명히 있을 것이다.

어떨 때는 힘들게 걷기를 해낸 하루도 있을 것이다. 어떨 땐 날아갈 것처럼 가볍게 만 보 걷는 날도 있을 것이다. 걸으면서 생각나는 것도 있을 것이고, 계절마다 피고 지는 꽃도 곤충도 만날 것이다. 나무도 봄부터 가을까지 똑같은 모습으로 서 있지 않다. '걸으며 만난 나의 생태 이야기' 이런 식의 글을 써 봐도 좋겠다. 식물을 관찰하고 느낀 점을 써도 좋고 떠오르는 기억을 써도 좋다. 이뿐이겠는가? 걸으면서 생각 정리된 것도 좋은 글감이 된다.

이렇게 자세히 이야기할 수 있는 이유는 나도 만 보 걷기를 하는 사람이기 때문이다. 2년 동안 매일같이 만 보 걷기 하며 스트레스도 해소되었지만, 생각이 정리되었다. 걷다 보니 고민도 술술 해결이 됐다. 걸을수록 무궁무진한 글감이 피어올랐다. 그래서도 더 걸었다. 그날 블로그에 써야 할 글감을 찾기 위해서도 걸었다. 만 보 걷기를 하며 떠오르는 생각들은 고스란히 블로그에 기록해 두었다. 생각을 써 두지 않으면 좋은 아이디어도 모두 날아간다.

두 번째, 오늘 만난 사람이나 최근에 만난 사람에 대해 글을 써 봐도 좋겠다. 처음에는 그다지 글로 써야 할 이야기가 아니라고 생각할 수도 있다. 하지만 막상 쓰려고 마음먹으면 쓸 이야기가 생긴다. 자주 만나는 사람이든, 오늘 만난 사람이든 만나서 무언가는 말이 오고 갔을 것이다. 특별하게 오고 간 이야기가 인상적이지 않아도 좋다. 쓰려고 하면 생각했던 것 그 이상으로 많은 이야깃거리가 나올 수 있다.

입었던 옷이나 머리 스타일, 표정은 어땠는지, 무엇을 좋아하는지, 요즘 주로 관심 있어 하는 것은 무엇인지 연습이라 생각하고 써 보면 된다. 쓰다 보면 내가 만나는 사람과의 관계도 돌아볼 수 있다. 아이들 글쓰기 수업 시간에도 "쓸 게 없어요." 하면 단골 글쓰기 글감을 꺼내 놓는다.

"그래, 그럼 오늘은 사람에 대해서 써 보자."

날마다 만나는 선생님들, 친구들, 그중에 가장 기억에 남는 사람이 누구인지 발표하면 그동안 몰랐던 것까지 발견하게 된다. 이 방법은 쓰기 전에 그 사람에 대해 미리 머릿속으로 그려보게 한다. 그림을 그리고 그 옆에 그 사람에 대해 생각나는 것이 있다면 낱말이든 문장이든 떠오르는 대로 써 보라고 한다. 그러면 생각지도 못한 글의 재료가 줄줄이 나오게 된다.

세 번째 장소에 대해 써 봐도 좋다. 늘 자주 가는 학교나 학원, 집 등 공간도 좋은 글감이 된다. 그림으로 그려 봐도 좋다. 집을 예로 든다면 언제부터 그곳에 살게 되었나? 사는 집에 대한 추억이 있나? 우리 집에서 가장 내가 좋아하는 공간이 있나? 하는 질문을 던져볼 수 있다. 각 방에 관해 소개도 해 보자. 이런 식으로 깊이 질문하고 답하다 보면 어느새 글 한 편은 뚝딱 써진다.

"어떤 지점에서 특별한 감정을 느꼈다면 거기서부터 무언가 있다는 뜻입니다."

- 김은경, 『에세이를 써보고 싶으세요?』

김은경의 『에세이를 써보고 싶으세요?』 나온 내용이다. 모든 부담을 접어버린 상태에서 오늘 있었던 일을 떠올려보는 것. 잘 써보겠다는 욕심을 집고 오늘의 내 감정과 기억을 떠올리다 보면 분명 괜찮은 글감이 툭툭 튀어나올 것이다. 그렇게 자주 쓰다 보면 하루하루 글감 찾기 하는 즐거움에 빠져들 것이다.

글감 찾는 법

1. 자기가 직접 보고 듣고 겪은 일 가운데 생각이나 느낌이 생생한 일들을 떠
   오르는 대로 제목을 적어 봅니다.

2. 글감 찾기 조건 - 삶에서 강한 인상을 받은 것, 글로 써 보고 싶은 것, 그 일
   을 씀으로써 나 자신도 만족할 수 있는 것, 읽는 이에게 좋은 영향을 줄 수
   있는 것을 찾습니다.

3. 구체적인 글감 찾기(머릿속에 떠오르는 글감들을 적어 봅니다.)

했던 일:

봤던 일:

들었던 일:

....

....

느끼고 생각했던 일:

....

....

알리고 싶은 일:

....

....

따져 보고 내세우고 싶은 일:

....

....

그 밖의 일들:

....

....

....

5

지속 가능한
블로그 글쓰기 입문하기

작가와의 만남을 통해 글쓰기 신세계에 입문했다. 7년간 매일 아침 글쓰기를 하며 시작된 능동태 라이프를 소개한 『매일 아침 써봤니?』 김민식 작가를 만났다. 김민식 작가는 7년간 매일 아침 글쓰기를 하면서 능동적인 삶을 살게 됐다고 한다. 매일 같이 글을 쓰니 인생이 달라졌단다.

20년 전, 큰아이 태교 일기와 육아 일기로 미니홈피에 7년간 글을 썼다. 미니홈피가 시들해질 즈음 스마트폰 카카오스토리로 옮겨 7년 넘게 온라인 글쓰기를 이어 갔다. 나와 김민식 작가의 다른 점이 있다면 블로그 글쓰기를 했냐 안 했냐였다. 미니홈피나 카카오스토리처럼 몇몇 지인들만 알 수 있는 플랫폼과는 달리 블로그는 확장성이 넓었다.

'나도 작가의 꿈을 갖고 블로그 글을 써 보리라. 언젠가 내가 발행한

글들이 책으로 엮어지고, 강의할 날이 올 것이다.' 김민식 작가의 강연을 듣고 5개월 뒤, 2019년 1월 블로그 글쓰기를 시작했다.

내게도 신기한 일이 벌어졌다. 아이들 수업 문의가 이어져 20명 되는 학부모 독서 특강을 열었고, 수업 한 팀이 만들어졌다. 그뿐만이 아니라 블로그 글을 보고 공공도서관에서도 연락이 와서 아이들 독서 교실을 열었다. 뜨문뜨문 공공기관과 개인 수업 문의도 들어왔다. 카카오스토리가 지인 기반이었다면 블로그는 검색 기반으로 나도 모르는 사람들이 찾아와서 댓글을 달았다. 주제나 관심사를 기반으로 불특정 다수에게 노출되는 장점을 피부로 실감했다. 기왕 글쓰기를 하겠다고 마음먹었다면 내 글이 누군가에게 노출이 많이 되는 블로그가 가장 좋았다.

"블로그를 몇 년 전에 만들어 놓고 버려두고 있어요. 꾸준하게 써야하는데 그게 참 힘드네요?"라고 말하는 분들을 여럿 만났다. 어떻게 하면 지속 가능한 블로그 글쓰기를 할 수 있는지 소개해 보겠다.

첫째, 블로그 글쓰기를 하는 목적이 분명하면 좋다. 내가 하는 일을 알리고 싶은 글쓰기를 하고 싶은지, 김민식 작가처럼 자신의 소소한 일상을 나누는 글쓰기를 하고 싶은지를 먼저 파악한다. 궁극적으로 글을 써서 무엇을 하고 싶은지까지도 염두에 두고 글을 발행하는 것도 좋다. 강한 목적은 강한 동기 부여가 되어 지속적인 쓰기로 이어지기 때문이다.

둘째, 일정한 시간을 정해 두고 글쓰기 하면 좋다. 아무 때나 시간 날 때 글 써야지 하는 건 안 쓰겠다는 말과 같다. 당장에 글 한 편 써서 삶이 크게 달라지고 변화가 있는 일이 아니므로 글쓰기는 얼마든지 우선순위에서 밀려날 수 있다. 블로그 글쓰기는 꼭 해야 하는 일로 정해 두고, 쓸 수 있는 요일과 시간도 정해 두면 좋다. 나는 아침 6시 반에서 8시 사이에 블로그 글쓰기를 루틴으로 정해 뒀다.

셋째, 지속 가능한 주제를 정해서 글을 쓰면 좋다. 블로그를 만들고 어떤 계정으로 만들어 갈지 정해야 한다. 나는 '새벽 기상으로 책 읽고 글 쓰는 독서지도사'로 컨셉을 잡고 나의 일상을 블로그에서 다루기로 했다. 책 읽는 우리 가족의 독서 여행기와 독서 모임도 기록했다. 또, 독서 모임을 운영하는 경험을 바탕으로 책 읽는 사람에 대해 글을 발행했다.

넷째, 글 쓰는 모임이나 글쓰기 공동체에서 함께하면 좋다. 독서도 꾸준함을 이어가기 위해 독서공동체에서 활동하면 좋듯이 글쓰기도 마찬가지다. 당장에 해결해야 할 눈앞의 일이 급급해서 언제든 밀려날 수 있어서 붙잡고 갈 수 있는 공동체의 힘은 필요하다. 함께 글도 쓰고, 남이 쓴 글도 읽으며 동기를 부여받는 데에 글쓰기 공동체가 큰 힘이 될 것이다.

"블로그에 글을 써 보세요. 자기 주도적으로 쓸 수 있고 다양한 피드백도 받을 수 있어요. 많은 이들에게 전해질 수 있고 개인 홍보에서도 효과 만점입니다."

- 김민식, 『매일 아침 써봤니?』

블로그에 글을 쓰는 시간은 나만의 시간이다. 나는 왜 오래도록 온라인 글쓰기를 했나 생각해 보니 복잡하고 혼란스러운 생각을 정리하고 싶어서였다. 글에 댓글이 없는 무반응일지라도 텅 비어 있는 곳에서 혼자 글을 썼다. 내 고민과 상황, 경험담을 어딘가 보따리 풀어놓을 곳이 필요했는데 온라인 글쓰기가 손을 잡아주었다. 블로그 글쓰기로는 확장된 내가 되어 가고 있다.

앞으로 평생직장 개념이 사라진다고 김민식 작가는 말한다. 인공 지능이 생산을 주도하면서 일자리는 일시적이고, 사라지는 일자리는 많아진단다. 블로그 글쓰기는 나의 온라인 사무실이나 다름없다. 나만의 사무실에 자신이 하는 일을 꾸준히 알린다면 얼마든지 경쟁력을 갖추어 갈 것이다. 100세 시대 준비는 블로그 글쓰기로 새로 써 가는 나를 만들어 가 보자.

얼거리 짜기

글쓰기 할 때 얼거리(개요)를 짜야 하는 이유

글을 쓸 때 어떤 내용을 어떤 차례로 쓸 것인가가 얼거리 짜기입니다. 쉽게 말해 개요 짜기입니다. 술술 생각나는 대로 써도 좋지만 그러지 않으면 처음부터 주저하게 됩니다. 어떤 내용을 어떤 순서로 쓸까 계획을 세우면 글의 내용이 뒤죽박죽되지 않습니다. 썼던 내용을 반복하는 실수도 줄일 수 있습니다. 처음, 가운데, 끝 정도로만 얼거리를 짜고 써도 훨씬 좋은 글이 됩니다. 어떤 방식으로 글을 써 나갈 것인지 개괄적으로 작성해 놓으면 좋습니다.

1. 주제 선정- 주제 선정할 때 글의 키워드(소재)를 설정하면 좋습니다. 정한 키워드로 어떤 글을 쓸 것인지 구체화하면 됩니다.

2. 개요 작성- 글을 어떻게 전개해 나갈 것인지 설정합니다. 주제에 대해 뒷받침할 내용은 무엇인지 생각하고 이를 위해 참고할 자료를 찾습니다. 어떤 방식으로 어디서 자료를 모을 것인지 생각해 봅니다.

3. 글 작성- 본격적으로 글을 쓰는 단계입니다. 개요를 참고하여 자신이 구상한 계획대로 써 내려가면 됩니다.

4. 검토 및 퇴고- 글을 다 썼으면 다시 처음부터 읽어 봅니다. 읽으면서 글의 통일성과 논리성을 점검합니다. 맞춤법, 띄어쓰기, 문법을 점검합니다.

6

인터뷰 기사
이렇게 쓰면 됩니다

"올해 제가 사는 지역에서 블로그 기자단 뽑길래 저 신청했어요. 근데 문제가 인터뷰하고 글을 써야 하던데 어떻게 글을 써야 할지 막막해요. 욕심을 내서 신청해서 뽑히긴 했는데 걱정이 태산이에요."

챌린지 수강생의 고민이었다. 글쓰기 훈련을 위해 지역 블로그 기자단이나 시민 기자 활동도 아주 좋다. 기회가 되면 기자단 뽑는 거 관공서 가서 알아봐라. 인터뷰 글쓰기 내 경험을 풀어놨더니 알아본 모양이다. 나의 인터뷰 글쓰기 경험을 돌아보자면, 지역 신문 시민 기자로 2년간 매달 두세 편 글을 썼다.

"혹시 매달 회원 인터뷰 글 기부 좀 해 주실래요?"

하길래 환경 단체에서 7년간 회원 인터뷰 글도 썼다. 매달 한 명씩 찾아가는 회원 인터뷰였다. 7년 동안 70명 정도는 만난 듯하다. 완성된 회지에 내 글이 실린다는 것이 큰 기쁨이었다. 어디서나 해볼 수 없는 최고의 글쓰기 훈련을 그때 해 보았다. 인터뷰 글쓰기는 다양한 분야에서 일하는 사람들의 이야기를 들으며 대화와 소통하는 법도 배워 나갔다.

인터뷰 글쓰기를 오래 한 탓인지 어디를 가든 사람을 만나면 질문을 자주 한다. 지금까지 가족과 함께 여섯 번의 북스테이 여행을 했는데 그때도 그랬다. '책 읽는 우리 가족 주제로 북스테이 여행 중인데 가족 모두 인터뷰 좀 해도 될까요?' 주인장에게 사전 요청을 하고 여행지에서 인터뷰를 진행했다. 인터뷰 내용은 블로그 글쓰기로 연결이 되니 여행 후기가 더 풍성해졌다. 알아두면 유익한 인터뷰 글쓰기, 그렇다면 어떻게 시작해 볼까? 내 경험을 바탕으로 편안하게 안내해 보겠다.

먼저 인터뷰 사전 질문지를 만든다. 어떤 질문을 할 것인지 차례대로 종이에 적어 본다. 내가 쓰고자 하는 글의 주제와 어울리는 질문을 만들어 가면 좋겠다. 글의 구조가 처음, 가운데, 끝이 있듯이 인터뷰도 그렇다. 만나서 첫인사 나누기는 상대에게 편안하게 다가서야 마음을 여는 인터뷰가 될 수 있으니 장소나 계절에 관한 이야기로 시작하면 좋다.

2시간이냐, 1시간이냐, 인터뷰 시간도 잘 배분해야 한다. 인터뷰의 본격적인 질문의 시간은 최대한 할애해야 한다. 그렇지 않고 첫인사로 사설이 길어지면 인터뷰에서 다룰 주요 주제를 충분히 나누지 못한 상태에서 마무리가 된다. 그렇게 되면 원고 정리를 할 때 뼈대가 되는 이야기를 실을 수 없어서 애를 먹게 된다. 인터뷰 글은 누군가 읽을 대상이 있는 것이다. 주제에 맞는 인터뷰라야 실어야 할 내용의 취지에서 벗어나지 않고 글을 쓸 수 있다. 예를 들어 인천 녹색연합 환경단체 회원 인터뷰라면 회원들이 보는 회지 글을 인터뷰하는 것이다. 회지 글은 단체에 가입하게 된 배경이나, 회원으로서 어떤 활동에 참여했으며 무엇이 좋고, 개선해야 할 점이 꼭 실려야 한다.

다음으로 인터뷰할 내용에 대한 기초 지식을 쌓고 가면 좋다. 여기서 말한 기초 지식이란 인터뷰할 행사나 사람에 대한 사전 지식을 말한다. 인터넷에서 자료 조사를 해봐도 좋고, 사전에 인터뷰할 사람과 전화 통화하고 메모를 해 두고 가면 좋다. 미리 알고 가면 상대방 입장에서도 관심받고 있다는 생각에 마음을 열고 인터뷰에 응해 준다. 인터뷰도 훨씬 원활하게 진행이 되니 글도 잘 써진다.

인터뷰 노트는 따로 만들어서 작성하면 좋다. 노트 기록도 좋지만, 인터뷰 말의 속도를 쫓아갈 수 없으니 핸드폰에 녹음을 해 두면 좋다. 처음부터 끝까지 해 둬도 좋겠고 중간 지점에 중요하다고 생각되는 질문부터 녹음해도 좋다. 녹음을 시작할 때 상대가 겁을 먹고 마음을 닫을 수 있으니 사전에 취지를 설명한다.

마지막으로 인터뷰를 마치고 글을 정리하면 된다. 개요 작성을 하고 글을 쓰면 좋다. 너무 어렵게 생각하지 말고 인터뷰 내용을 차례대로 정리하면 된다. 글의 처음 부분에서는 인터뷰 장소나 일시가 글 안에 들어가고, 행사 인터뷰는 행사 날이 들어가면 좋다. 글의 가운데 부분은 인터뷰 질문과 답변을 소제목을 정해서 써도 좋다. 인터뷰 마무리에는 소감을 글의 내용과 맞게 정리해 본다.

> "협상과 설득, 소통으로 경쟁을 강화하는 최고의 성공 노하우는 인터뷰와 글쓰기다."
>
> -김명수, 『인터뷰 글쓰기의 힘』

각계각층의 분야에서 본보기가 될 만한 주인공들을 끊임없이 발굴하고 소개하는 인터뷰 매력에 푹 빠져 살아왔다는 『인터뷰 글쓰기의 힘』 김명수 작가의 말이다. 소통의 비결은 다름 아닌 '인터뷰 글쓰기의 힘'이라고 말하고 있다. 저자는 자신을 예로 들면서 달변과는 거리가 먼 어눌한 말투지만, 인터뷰와 글쓰기를 잘하면 소통과 화술에 능하고 스피치의 강자가 될 수 있다는 사실을 보여 주고 싶어서 집필했단다. 1000명이 넘는 인물을 심층 인터뷰를 했으니 인터뷰 고수 작가라 말할 수 있다.

어눌했던 말솜씨가 나도 점점 좋아지고 있다. 그동안 낯선 사람들과 인터뷰하며 글쓰기를 했던 힘이라면 힘이겠다. 학교 교사, 생태 교사, 변호사, 화원 운영하는 분, 중소기업 대표, 대학 교수, 서점 대표, 영양사, 공무원, 주부, 직장인, 농부, 기타 등 7년 동안 인터뷰 글쓰기를 하며 만났던 다양한 사람들이다. 상대방의 속마음으로 들어가기 위해서는 내가 먼저 마음을 열어야 한다. 편안한 분위기로 상대의 생각을 자연스럽게 표현할 수 있게 분위기를 만들어간다면 성공적인 인터뷰 글쓰기가 될 것이다.

한 번쯤 꼭 도전해 보라. 지역 시민기자단! 소통과 대화하는 방법까지 익혀 나갈 글쓰기 훈련장이 될 것이다.

쉽게 인터뷰 글쓰기 경험하기

인터뷰는 왜 하는 걸까요? 바로 깊이 있게 사건의 내용을 소상히 알 수 있게 해줍니다. 문제를 겪고 있는 사람의 생생한 인터뷰 없이는 어떻게 문제가 만들어졌는지 알 수 없기 때문입니다.

1. 인터뷰 진행은 이렇게 해 보세요!- 주제 선정, 면담자 선정, 섭외 시간과 장소 결정, 1차 인터뷰, 사전 인터뷰, 추가 인터뷰, 2차 인터뷰, 후속 작업이 있습니다.

2. 면담자를 만나면 어떻게 인터뷰를 시작할까요?- 인터뷰에 응해 준 것에 감사하는 인사를 전합니다. 녹취를 진행하며 기록 글이 완성되어 기사가 채택되기 전에 면담자에게 사전 검토를 할 것을 말합니다. 인터뷰를 진행하면서 불편한 내용이나 질문이 있는지 물어봅니다.

3. 이런 사람도 인터뷰해 보세요.- 20년 넘게 한 분야의 일을 한 사람, 오래된 취미나 관심사가 있는 사람, 지역 활동을 하는 사람, 사람들에게 좋은 경험을 알리고 싶은 사람이나 경험이 있는 사람. 조부모님이나 부모님, 가족 인터뷰도 아주 좋습니다.

7

돈이 되는
글쓰기

"글쓰기, 책 쓰기의 시대다. 글쓰기 능력이 출중하지 않더라도 이제 너도나도 글을 쓰고 책을 낼 수 있는 시대가 되었다."

- 최하나, 『직장 그만두지 않고 작가 되기』

하루 15분 글쓰기로도 직장을 그만두지 않고 작가 되는 법을 알려 주는 최하나 작가의 얘기다. 다니고 있는 직장 일을 관두지 않고 15분만 투자해도 작가가 될 수 있다니 귀가 솔깃하다. 글 한 줄도 제대로 못 썼던 내가 이렇게 책 쓰기까지 하는 걸 보면 틀린 말은 아닌 듯 하다. 저질 체력에 성질 급하고 자신이 왜 쓰는지도 잘 모르면서도 글쓰기를 했다는 최하나 작가. 자신도 해냈기에 충분히 할 수 있는 일이라고 조언을 한다. 쓰는 순간 우리는 작가가 된다는 말도 잊지 않았다. 필자가 미니 홈피 글쓰기부터 카카오스토리, 블로그, 인스타 글쓰기까지 20년을 어떻게 이어 왔나 생각해 보면 글 쓰는 일이 습관이 되어 취미가 되면서부터였다. 아무리 몸이 피곤하고 힘들어도 이것만큼은 글쓰기로 남겨 둬야 한다며 꾸역꾸역 썼다. 정리해 두고 나면 뿌듯하고 성취감이 느껴졌다. 독서와 글쓰기가 취미 활동이나 다름없던 내게 어느 날 흥미로운 일이 벌어졌다.

"혹시 이 글 우리 협회 가을 계간지에 실어도 될까요? 원고료는 드리겠습니다."

미니홈피에 올린 내 글이 협회 계간지에 실을 내용의 주제와 맞는다며 글을 실어도 되냐고 물어 왔다. 전화 온 곳은 한국한센복지협회였다. 내가 쓴 글은 집 앞에 작은 도서관에서 회원 대상으로 4시간 캠프를 하게 되었는데 그날 자원봉사를 하고 미니홈피에 글을 올렸다. 그 글을 한국한센복지협회에 회지 편집하는 직원이 읽게 된 것이고 내게 전화를 한 것이다.

원고료라며 7만 4천 원을 통장에 입금을 시켜주었다. 태어나서 첫 원고료를 받는 기분은 묘했다. 누군가 내 글에 관심을 보인다는 것도 신기했고, 내 글이 돈으로 환산이 되었다는 것도 놀라웠다.

본격적으로 원고료 부수입을 만들게 된 일은 지역 시민 기자 활동을 하면서였다. 기자가 되어보겠다 마음먹은 일은 아니다. 당시 활동하고 있는 동화 읽는 어른 모임을 어떻게 하면 지역에 알려 볼까? 어린 자녀를 둔 엄마라면 필수 코스인데, 알릴 방법이 없을까? 찾던 중 대학 선배의 미니홈피에 부평시민 기자 활동하고 있는 사진이 올라온 것을 보고 신문 기고를 떠올렸다.

지원 절차를 밟아 시민 기자가 되었는데, 알고 보니 유료로 원고 받는 활동이 아닌가! 보통 A4 한 장 정도 글을 실었고 기사 한 편당 원고료 7만 원 정도를 받았다. 그렇게 해서 시작된 시민 기자 활동으로 매달 20만 원 정도의 부수입이 생겼다. 2년 정도 꾸준히 인터뷰하면서 신문 기사를 썼던 활동은 '꼭 작가가 아니더라도 글쓰기로 부업이 되는구나.'라는 걸 알려 주었다. 이런 일을 계기로 글쓰기에 부쩍 관심을 두고 관련 내용을 더 찾아보게 되었다. 지역 구청 사랑방 신문에도 종종 일상 나눔 글을 써서 3만 원 상당 원고료를 몇 차례 받기도 했다.

주변을 둘러보니 글쓰기가 부수입원이 되는 일이 요즘엔 늘어나는 추세다. 지역 신문사 시민 기자 활동도 있고, 블로그 기자단을 뽑기도 한다. 지역 신문사 시민 기자도 있다. 인터넷 기사로 찾아보거나 군이나 구청에 직접 방문해서 뽑는 기간을 염두에 뒀다가 지원하면 된다.

또 다른 돈 되는 글쓰기는 온라인에서 찾아볼 수 있다. 맛집 투어 글쓰기도 있고, 서평 쓰기도 있다. 출판사에서는 매달 쏟아내는 책을 홍보하려는 방법으로 서평단 모집을 한다. '책을 무료로 보내줄 테니 읽고서 서평을 써 주세요.' 하는 방식이다. 책을 무료로 받아볼 수가 있고 글을 써야 할 이유 또한 확실하니 글 실력까지 늘어날 수 있겠다. 블로그에 서평이 1년 2년 꾸준히 쌓이다 보면 독서 인플루언서가 되고 차차 작가의 길로 들어서게 된다. 『독서의 기록』을 출간한 안예진 작가도 꾸준한 독서를 블로그 글에 기록하며 독서 인플루언서가 되었고, 현재 작가로도 활동하고 있다.

좋은 생각이나 월간 잡지사에서도 매달 시민의 글을 애타게 찾고 있다. 그달의 주제에 맞는 글을 보내고 당첨이 되면 선물이나 상품권을 받을 수 있다. 단 두세 줄의 내 소감이 돈이 되는 만만한 글쓰기 도전도 있다. 지인 중에는 방송국에 사연을 보내서 거의 날마다 선물 받는 분이 있다. 기본적으로 주는 당첨 선물은 스타벅스 쿠폰이고, 예술의 전당 문화 나들이 관람 티켓이나 상품권을 받는다고 한다. 어떤 사람은 사연 보내기 당첨이 되어 집안 살림을 모두 장만하는 사람도 있다고 한다. 라디오 사연 당첨도 조금만 신경 쓰고 관심을 두다 보면 돈이 된다.

돈 되는 글쓰기는 조금만 관심을 두고 들여다보면 우리 주변에 널려 있다. '글쓰기는 어렵다.'라는 고정 관념에 사로잡힌다면 무의식 속에서 불가능하다고 인식이 될 것이다. 글쓰기는 쉽다. 말을 할 줄 안다면 글쓰기는 누구나 할 수 있다. 말을 그대로 옮기면 글이 되고 돈까지 벌 수 있다. 지역 시민 기자단 활동, 온라인에서 서평 쓰기 및 맛집 소개글 쓰기, 방송국과 라디오에 사연 보내서 집안 살림 장만하기, 큰 돈은 아니지만 부수입을 챙겨가는 일은 언젠가는 책쓰기까지 연결될 것이다. 꼭 기관에 제출하는 글쓰기가 아니어도 당장에 내가 하고 있는 일을 블로그나 인스타에 기록만 잘해도 돈이 된다. 핸드폰 보는 시간 잠깐 쪼개서 글 쓰는 여가 시간을 갖는 것, 낮은 위험성으로 미래를 설계해 보길 바란다. 글쓰기로 100세 시대 당신의 미래는 불안하지 않을 것이다.

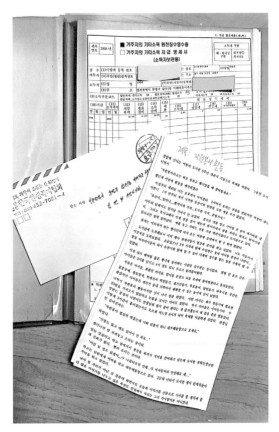

2008년 글쓰기로 첫 원고료 받았을 때 자료

나는 읽고 쓰고 기록한다

4장

기록하는 법

새로운 삶을 선사하는 기록의 놀라움

"차곡차곡 쌓인 기록을 디딤돌 삼아 꿈을 향해 도약하길 바란다.

나를 기록하는 순간 브랜드가 된다는 사실. 잊지 마시길."

1

생산성을 높여 주는
시간 기록법

> "기록하지 않는 자, 성공할 수 없다. 남과 다른 성공을 꿈꾼다면 삶을
> 기록하라."
>
> - 강규형, 『성과를 지배하는 바인더의 힘』

강규형 작가의 『성과를 지배하는 바인더의 힘』은 시간 관리하는 기록 시스템을 안내하는 책이다. 책 표지에서부터 느껴지는 기록의 중요성, 기록하지 않으면 성공할 수 없다는 말은 전적으로 동의한다. 성공한 사람들 책을 읽으면 대부분 어떤 식으로든 자신의 삶을 기록했음을 알 수 있다.

> "내가 관찰한 바로는 성과를 올리는 사람은 일에서 출발하지 않는다.
> 시간으로부터 출발한다. 계획에서 출발하지도 않는다. 시간이 얼마

나 걸리는지 명확히 파악하는 것에서 출발한다."

- 피터 드러커, 『성과를 향한 도전』

『성과를 향한 도전』 피터 드러커의 말이다. 그는 하버드 수재들의 성공 관리법 중 하나로 시간 관리를 꼽았다. 공부도 잘하고 과외 활동도 열심히 하는 모든 면에서 성공적인 학생과 그렇지 못한 학생들을 조사해 보았더니 큰 차이는 바로 시간 관리 능력이었다고 한다. 하버드는 천개가 넘는 강의가 있고 100가지 이상의 과외 활동이 있다고 한다. 그래서 하버드 1학년 학생들에게 가장 중요한 일은 시간을 관리하는 방법을 배우는 일이다. 꼭 해야 하는 일과 하고 싶은 일을 균형 있게 배분하는 시간 관리법, 하버드 수재들에게만 필요하겠는가?

『성과를 지배하는 바인더의 힘』을 읽고 나도 바인더 기록으로 시간 관리를 했다. 7년 전만 해도 나는 시간 관리가 안 되어 힘들어 하고 있었다. 매일 할 일은 차고 넘치는데 어떤 게 중요하고 중요하지 않은지 판단하기도 힘들었다. 정신없이 살아갔다. 그 와중에 환경 단체와 독서 단체를 10년간 활동했다. 두 단체에서 운영위원 활동도 하고, 아이들 독서 수업까지 어떻게 모두 해냈을까 싶다. 큰아이가 초등학교에 입학하면서부터 학부모 도서 회장직까지 영역을 넓혀나갔다. 즐거워서 시작했던 사회 봉사 활동이었는데 막상 하다 보니 이일 저일 떠맡겨지게 되었다.

어떤 때는 무슨 일이 주 업무인지 헷갈릴 정도였다.

정신없는 삶에 제동을 걸게 된 건 독서 지도사로 활동한 지 20년 차가 되던 해였다. 이사하면서 마침 아이들 독서 수업이 줄어서 시간적 여유는 있었지만, 고민 많던 시기였다.

'20년 차 독서 지도로 한 우물 팠는데 왜 이것밖에 안 되는 걸까? 왜 빚만 산더미일까?'

그런 고민을 하고 있을 때 만났던 바인더 공부에서 물음의 답을 찾았다. 열심히 살다 보면 뭐든 되겠지 했는데 그것이 아니었다. 삶의 목표도 없고, 인생 목표도 없이 살았다. 1년의 계획도 평생 이루고 싶은 계획도 내겐 없었다. 하루의 시간을 어떻게 채워가야 하는지도 몰랐다. 시간 관리뿐만 아니라 독서 계획과 자기 관리를 어떻게 할 것인지 구체적으로 바인더 공부를 하면서 설계해 보았다. 1년 계획부터 평생 계획을 세워 둔 사람과 계획 없이 사는 사람은 인생에 차이가 난다는데 맞는 말이다.

그때부터 바인더로 하루를 계획하고 일주일 계획, 월간 계획, 시간을 관리하기 시작했다. 하루 중 해야 할 일을 to do list 칸에 적고 24시간 안에 언제 할 것인지 '시간의 화살표'에 기록했다. 시간의 화살표는 일의 시작과 끝나는 시간을 예상하여 표시했다. 일과를 소화하면서 오늘 해야 할 일을 했는지 체크 박스에 표시했다. 했다면 가위표, 안 했다면 옆으로 가는 화살표를 표시했다. 바인더를 활짝 펼치면 하루 기록도 보이고 일주일 계획도 모두 보여서 피드백하기도 좋았다. 읽을 책이 있다면 스터디 란에 기록해 두었다. 일주일 피드백으로는 일요일 저녁이나 월요일 아침에 했다. 한 주 동안 계획했던 일을 잘했는지, 균형 잡힌 활동을 잘하고 있는지도 한눈에 볼 수 있었다.

한 주간 균형 잡힌 활동 점검은 위클리 컬러 체크를 통해 한눈에 점검할 수 있었다. 주간 스케줄을 영역별로 컬러링 하여 한 주의 업무를 스스로 평가하고 관리했다. 형광펜으로 영역 테두리를 컬러링 하면 강력한 피드백을 스스로 할 수 있어 좋았다. 평가하지 않으면 자신을 스스로 관리할 수가 없었다. 분홍색 컬러는 주 업무나 직접 성과를 낸 일을 체크 했다. 주황색 컬러는 간접 성과나 보조 업무를 할 때 체크하고, 연두색 컬러는 가정과 봉사 활동을, 하늘색은 자기 계발하는 체크 표시다. 보라색 컬러는 휴먼 네트워크, 인맥 관련 미팅이나 커뮤니티 모임을 체크하는 표시다. 파란색 컬러는 자기 계발하는 시간을 체크하는 표시다. 바인더 피드백 시간은 컬러 체크를 하면서 가졌다.

독서나 글쓰기도 결국은 습관이 만들어져야 지속해서 할 수 있듯 바인더도 마찬가지였다. 성공 심리학 분야에서 발견한 사실에 의하면 내가 생각하고 느끼고 행동하고 성취하는 모든 것의 95%가 습관의 결과라고 한다.

바인더 쓰기를 습관화하는 것, 하루 15분 투자면 된다고 『성과를 지배하는 바인더의 힘』 작가는 말한다. 아침 업무 시작 전에 5분, 점심 식사를 마치고 5분, 하루 업무가 끝나기 전 5분을 활용해서 주간 계획표 기록을 점검하고 체크하는 습관을 만들면 된다고 한다. 말처럼 쉽지 않다. 하루 한 번 쓰기도 힘든 바인더를 어떻게 하루에 세 번을 체크한단 말인가?

하루 세 번 정도 찾을 수 있게 바인더와 친해지기부터 했다. 나는 바인더를 노트라고 생각하지 않고 지금도 내 비서라고 부른다. 비서로 만들기까지 바인더와 친해지기 위한 장치가 필요했다. 예를 들면 하루 중 잠깐이라도 바인더를 살펴볼 수 있는 시간을 알람 소리로 맞춰 놔도 좋겠고, 시간의 화살표에 체크해 놔도 좋겠다. 지금은 알람 소리 없이도 수시로 살펴볼 정도로 바인더와 친해졌다. 일단 아침 기상하자마자 바인더로 하루를 계획하고, 점심시간이나 오후 시간, 그리고 저녁 잠들기 전에 살펴보았다. 기상 후 바인더를 쓰지 못하겠다고 하는 날은 미리 저녁 시간 다음날 계획하기도 했다.

시간 관리만 잘해도 우리는 남다른 성공을 할 수 있다. 지난 7년간 나는 바인더 쓰기를 통해 작심삼일로 끝났을 일도 꾸준히 해낼 수 있었다. 매일같이 to do list로 내 시간을 관리하면서 하루, 또는 일주일을 피드백하니 쌓이고 쌓여서 좋은 결과물을 만들어 낸 것들이 많다. 자칭 나의 비서, 바인더는 새벽 기상도 8년 동안 하게 만들었고, 우선순위가 무엇인지도 알려 주었다. 그리고 기록이 얼마나 중요한지도 알려 주었다. 하루 15분, 탁월한 자기 관리 시스템으로 남다른 성공을 이루길 바란다.

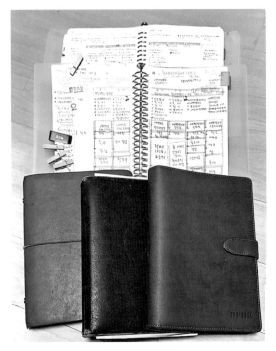

7년간의 바인더 기록

2

기록으로
나를 알렸습니다

"바오밥님, 어쩜 그렇게 강의 기록을 잘하시나요? 강의 좀 해 주실 수 있나요?"

평소 강의를 듣고 끄적끄적 기록했던 습관은 4년 전 새벽 챌린지 강의를 들으면서도 이어졌다. 기록하는 순간 삶이 달라진다고 했던가? 새벽 강의 내용을 정리해서 단톡방에 올렸는데 이 일로 1000명 넘는 커뮤니티 방에서 온라인 독서 강의도 하게 됐다. 강의 기록 하나로 나를 알릴 수가 있었던 것이다. 그 이후로 나라는 사람이 독서 지도사로 오래도록 일했다는 것도 알려졌다. 가족이 모두 책을 읽고 토론한다는 것까지 알려지면서 현재 운영하는 독서 커뮤니티에 많은 사람이 찾아와서 독서 수업을 받기도 했다.

끄적끄적 노트 위에 기록해 두고 정리하는 버릇이 생긴 건 시 쓰기를 하면서부터다. 대학 전공 수업이었던 시 창작 공부는 매시간 시 한 편을 과제물로 제출해야 했다. 뭘 써야 하지? 머리를 쥐어짜다 보면 나도 모르게 어떤 단어가 생각나고, 한 줄 문구가 생각이 난다. 그때야 핸드폰이 없던 시절이라 길을 걷다가도 가방 안에서 노트를 꺼내 기록했다. 가방 안에는 항상 조그만 수첩을 챙겨 다녔다. 순간순간 번뜩이는 생각들을 기록해 두기 위해서다.

그렇게 끄적였던 기록들은 괜찮은 시가 되기도, 말도 안 되는 소설이 써지기도 했다. 잘 썼든 못 썼든 한 편씩 완성이 되면 스스로 기특하고 뿌듯했다. 종이 위의 한 줄 쓰기 기록 습관은 강의 들을 때도 뭔가 끄적거리지 않으면 안 될 것 같았다. 4년 전 514 챌린지 강의도 그래서 버릇처럼 종이 위에 끄적인 것이다. 이번 장에서는 '강의 내용, 어떻게 하면 효과적으로 기록 할 수 있을까?'라는 질문의 해답이 궁금한 분들을 위한 안내를 해보겠다.

일기 쓸 때 쓰는 날짜를 적듯이 언제 들었는지 날짜를 기록해 둔다. 강의 제목도 굵은 색 펜으로 적어둔다. 소주제가 있다면 제목보다는 작게 쓰고, 보조 내용은 볼펜으로 작게 써둔다. 보조 내용이라 할지라도 놓쳐서는 안 될 중요한 부분이 나오면 색 펜으로 후루룩 훑어봐도 시선을 잡을 수 있게 좀 굵게 적어둔다. 글로도 쓰지만 때로는 이미지 그림을 그릴 수 있다면 그려도 좋다. 다시 봐도 빠르게 이해할 수 있는 깔끔한 기록을 해본다. 기록한 노트를 보고 이해가 안 된다면 시간 들여서 정리한 의미가 없지 않을까 한다.

내 것으로 만들 수 있는 내용이 무엇인지 생각하며 기록한다. 학창 시절 하지 않던 기록을 뒤늦게 하면서 깨닫게 된 것이 많다. 공부 잘하는 아이들이 노트 기록을 왜 그렇게 했는지 이해가 되었다. 언젠가 공부 잘하는 아이의 노트 필기를 본 적이 있다. 빨간색, 파란색, 검정색, 색색의 볼펜으로 자신이 기억해 두기 쉬운 방법으로 기록한 노트였다. 수업하다가 선생님이 이 문제는 시험에 꼭 나온다고 했던 말도 빨간색 볼펜으로 별표까지 그려 가며 체크해 두었다. 복습할 때는 정리한 노트만 봐도 효율적으로 공부할 수가 있겠다.

강의 기록도 마찬가지다. 강의한 사람은 자신의 노하우를 전달해 준다. 모든 것을 내가 가져갈 수는 없겠지만 내 것으로 만들 수 있는 것들은 색색의 볼펜으로 강조해 둔다. 그냥 흘려듣기보다는 끄적이며 듣게 되면 훨씬 집중도 되고, 오래도록 기억에 남는다.

강의를 듣고 내가 적용할 점이 있나 찾아본다. 실천 가능한 일이라면 바로 행동하고, 나중에 실천할 것들이라면 따로 메모해 둔다. 그러다 보면 들었던 강의의 노하우가 오롯이 내 것이 될 수 있다. 강의 내용을 쉽게 찾을 수 있게 분류를 잘 해 두는 것도 중요하겠다.

쓰기를 좋아하고 기록하기까지 좋은 습관 덕분에 나를 알리기까지 했던 4년 전. 기록 덕분에 성취의 기쁨도 누려 보았던 시간이었다.

새벽 5시 새벽 강의 노트(2022~2024년)

3

대화 기록으로
관계를 발전시키는 방법

아이들 일기 쓰기를 지도하며 글감 잡기를 힘들어하는 학부모이자 지인과 이야기를 나눈 적이 있다. 학교 수업을 마치고 집으로 돌아온 아이와 무슨 이야기를 어떻게 나눠야 할지 모르겠다는 말을 들었다.

"아니, 왜 할 말이 없어? 학교 가서 급식은 잘 먹었는지? 무엇이 나왔는지? 수업 시간 선생님이 들려준 얘기 중 기억에 남는 걸 물어볼 수도 있고, 짝꿍이랑 무슨 일이 있었는지도 나눌 수 있잖아. 그리고 혹시나 전날 특별한 준비물을 챙겨갔다면 그걸로 무엇을 했는지 이야기 나눌 수도 있고, 왜 없어? 나눌 이야기가 무궁무진하지?"

대화 도중 아이가 집중적으로 재미나게 이야기한다면 그날의 일기 글감은 그걸로 잡으면 된다고 일기 쓰기 비결까지 알려 줬다. 내 말을 들던 지인은 갑자기 볼펜과 노트를 달라며 내가 한 말들을 하나하나 적기 시작했다. 기억하기 힘들다며, 집에 가면 잊어버리게 된다고 받아 적어 갔다. 이 일은 '대화의 기록' 하면 생각나는 한 장면으로 오래도록 기억이 난다.

언제부턴가 기록하는 게 습관이 된 나는 친구와 이야기 나눌 때도, 업무 미팅을 하고 있을 때도 항상 종이에 기록하며 대화를 나눈다. 나눴던 이야기를 잊지 않기 위해서 기록했을 뿐인데 대화를 기록하면 좋은 점들이 상당히 많았다.

첫 번째로 대화의 기록은 상대를 더 알아 갈 수 있었다. 여기에서 말하는 상대는 아이 키우는 엄마에게 도움되는 대화 기록의 예를 하나 들어 보겠다. 큰아이와 작은아이가 다녔던 유치원에서는 엄마가 아이와 이야기를 나누고 글을 쓰는 마주 이야기 노트가 있었다.

엄마: 지후야, 오늘 유치원에서 무슨 활동을 했어?
지후: 엄마, 오늘은요. 유치원 숲에 들어가서 신기한 돌멩이를 발견했어요. 이거 굉장히 오래된 돌 같지 않아요? 그래서 주머니에 넣어 왔잖아요.
엄마: 이야. 진짜 신기하네? 이걸 어떻게 발견했는데?

지후: 친구들이랑 숲에서 점심을 먹고 나서 돌멩이 쌓기 놀이하다가 발견한 거예요. 엄마, 저는요. 커서 고고학자가 될 거예요.

고고학자를 어디서 들었는지 아이의 꿈 이야기가 흥미로워 그걸 그대로 마주 이야기 노트에 적어 보냈다. 주로 유치원에서 있었던 일을 나눈 이야기나 형과 나눈 이야기를 기록했다. 아이와 마주 이야기 기록을 하고 유치원에 보내면 교사가 코멘트를 달아 준다.

"지후가 고고학자가 꿈이라니 너무 좋은데요? 숲에 들어가면 유독 지후가 다른 아이들보다 관찰을 잘하는 편이에요. 이유가 있었군요."

코멘트 달아주는 교사의 생각과 함께 아이의 유치원 생활도 들어 볼 수 있어 좋았다.

마주 이야기를 써야 하니 아이의 말에 귀를 쫑긋하게 되었던 것이 엄마인 나에게 좋은 경험이었다. 기록이 된 글은 교사에게 보여 주는 글이니 괜찮은 대화를 하려고 애썼다. 처음에는 무슨 이야기를 하나? 기록은 어떻게 하지? 고민되었는데 매주 일주일에 한 편씩 쓰다 보니 익숙해졌다.

아이와 마주 이야기를 숙제로 내준 유치원 측의 의도를 지금에서야 생각해 본다. 아이와 마주해서 대화를 나눠라. 대화를 나눈 것을 잊지 않기 위해서 기록해라. 기록한 것은 훗날 아이에게 유아 시절 보물 같은 유산이 될 것이다. 더 중요한 것은 마주 이야기하며 나눈 엄마와의 대화 기록으로 서로를 알아가는 시간이 될 것이다. 당시 물어보지는 않았지만 이런 뜻을 담고 추진했던 일이 아닐까 한다.

타인과 의사소통하지 못하면 인생에서 성공할 가능성은 줄어든다고 한다. 그래서도 대화의 기술은 필요하고 대화도 배우고 익혀서 습관화해야 한단다. 혹시 상대와(아이든 어른이든) 대화하기가 힘들어 어려움을 겪고 있는 분이 있다면 기록을 해 보자. 대화가 수월해질 수도 있다.

이제부터 타인과 대화하기 전 이렇게 말해 보자.

"내가 실은 대화를 더 잘하기 위해서 혼자서 연습 중이거든? 받아 적으면서 이야기해도 될까?"

4

경험을 자산으로
만드는 비법

"아이 일기장이요? 버렸죠. 이사 몇 번 하면서 그냥 버렸어요. 귀찮더라고요. 챙기기가."

유치원 때나 초등학교 때 일기가 있을 것이다. 일기야말로 자신의 포트폴리오다. 일기는 돈 주고도 살 수 없는 개인의 자산이다. 일기는 쓰는 것보다도 더 중요한 것이 있다. 바로 보관하기다. 큰아이와 작은아이는 유치원 다니는 7살 때부터 일기를 썼다. 유치원 때는 일기 쓰기 입문기라 특별한 일이 있는 경우에만 썼다. 초등학교 입학하면서 본격적인 일기 쓰기를 했고, 6년 동안 두 아이 합해서 100여 권의 일기장이 만들어졌다. 그러나 책꽂이에 꽂혀 있는 100권의 일기장을 잘 보관하는 것이 문제였다.

일기를 보관하는 일에 신경이 곤두선 이유는 초등학교 때 쓴 일기장이 하루아침에 사라졌기 때문이다. 19살 가을날 고향 집에 불이 나서 순식간에 재가 되어버렸다. 초등학교 시절 특별히 잘한 것이라고는 없었던 나였다. 하지만 일기 때문에 선생님께 칭찬을 받았고, 종종 일기상을 받은 일은 나에겐 큰 자랑거리였다. 어린 시절에 살던 집이 온데간데 없이 사라졌다고 했을 때 가장 먼저 찾은 것이 일기장이었다. 고향 집을 떠날 때, 그때 내가 챙겨 왔어야 했는데 평생 후회 되는 일이 되었다. 그래서도 아이들 일기 지도할 때 유독 일기장 보관하는 일에 신경을 썼고, 일기 보관함 만들기를 종종 했다.

처음에는 선물 상자를 재활용하여 일기 서류함을 만들어 보관했다. 보관이 되어서 좋긴 하지만 잘 꺼내 보지 않는다는 단점이 있었다. 다 쓴 일기는 훗날 보기 위함도 있지만, 종종 펼쳐볼 수 있는 보관 방법이 있으면 좋겠다 싶었다.

그러다 찾아낸 게 책꽂이에 꽂아두고 언제든 볼 수 있는 20공 바인더였다. 책꽂이에 꽂아두니 깔끔함도 있었고 보관하기도 편리했다. 일기장을 바인딩하는 일은 여러 번 실패를 거듭해서 찾아낸 방법이다. A4 크기의 머메이드지와 양면테이프가 필요하다. 머메이드지는 20공 펀치로 구멍을 뚫는다. 머메이드지 위에 양면테이프를 4면에 붙이고 떼어 낸

다. 일기장은 떼어 낸 양면테이프 위에 붙여 두면 완성이다. 일기장뿐만
아니라 A4 크기 자료들은 모두 그렇게 해 두니 깔끔하게 정리가 되었다.

　아이들 일기장 말고도 하마터면 귀찮아서 버릴 뻔했던 자료들도 방법
이 생겼다. 두 아이의 합창단 7년 활동으로 두둑하게 쌓아 둔 연주회 팸
플릿, 큰아이가 4살 때부터 그린 차마 아까워서 버리지 못한 귀한 그림
들도 있었다. 내 경험이 자산이라고 할 수 있는 큰 아이의 7년간 독서 수
업(엄마인 나한테 수업을 받았다) 노트, 독서 기록장, 생태 수업 활동 자
료는 버려서는 안 될 보물이었다. 45인승 대형버스를 대절해서 여름과
겨울방학 열두 번의 견학을 다녀와서 만든 자료집은 독서 지도사로 활
동한 산 증거물이었다.

　이런 자료들을 하나하나 분류 작업해서 20공 바인더에 정리해 두었
더니 그동안 고민했던 것들이 순식간에 풀렸다. 바인딩 자료들은 자연
스레 마케팅할 수 있는 도구로도 활용이 되었다. 독서 상담은 항상 관
련 바인더 자료집을 보여 주며 진행한다. 말로만 하는 상담이 아니라 아
이들이 수업하며 기록했던 자료들을 보여 주고 설명을 하니 훨씬 설득
력이 있었다. 독서 특강을 할 때도 마찬가지로 궁금할 만한 바인더 자료
를 전시해 두고 강의를 한다. 강의 시작 전 먼저 오신 분들에게는 바인
더 자료를 살펴보게 한다. 수강생들은 실체가 있는 자료를 보며 강의 내

용을 깊게 이해할 수가 있었다. 한 달 전에도 아이들 독서 상담 문의가 있어 두 아이가 쓴 일기 바인더와 독서 수업 자료 바인더를 전시해 두고 설명회를 했다. 어떤 식으로 수업이 이루어지고 어떤 교육인지 바인더 자료를 보면 한눈에 알 수 있다. 질문은 바인더 자료를 둘러보면서 쏟아진다. 성인 독서 코칭 수업도 내가 해 왔던 독서와 글쓰기, 논어 필사 바인더 자료들을 보여 준다.

바인더 자료화는 두 종류로 만들 수 있다. 20개의 구멍이 뚫려 있는 A4와 30개 구멍이 뚫려 있는 A5다. 20공 바인더는 일본에서 기본적으로 많이 쓰는 표준이고 우리나라에서는 일반적인 게 아니라고 한다. A4나 A5용지를 펀칭기로 구멍을 뚫고 바인더에 끼워서 사용할 수 있다. 용지를 끼웠다 뺐다 할 수 있기에 그 점이 장점이다. 일단 가진 자료들을 한곳에 모두 모아 보고 분류를 할 수 있다는 게 가장 큰 장점이다. A5 자료 같은 경우는 주로 논어 필사, 시 필사, 강의 듣기를 하며 기록한 자료들이 대부분이다. 나를 갈고 닦았던 '수신'했던 기록들이다.

"뒤돌아보면 보석은 내 안에 있었다. 내가 경험한 많은 것으로 지금 하는 일을 넘어 평생의 업을 찾아내는 법"

- 브렌든 버처드, 『백만장자 메신저』

경험과 지식을 나누며 평생 성장하는 법『백만장자 메신저』브렌든 버처드 작가가 한 말이다. 7년 전 이 책을 읽고 내 안에 보석이 무엇이 있을까? 자기 계발을 통해 찾아 나섰다. 경험이 자산이었다. 오래도록 독서 지도사 일을 했고, 20년 동안 두 아이 책 육아로 키워왔던 삶은 나조차도 무시했을 일이었는데 보석이라 여기며 살고 있다. 내 경험을 자산으로 만든 바인더 자료집을 만들면서부터다. 지금껏 만든 바인더 자료집은 150권을 넘어섰다. 지금도 내 경험을 자산으로 만드는 일은 진행 중이다. 이것이야말로 그토록 외치던 내 아이에게 물려줄 수 있는 유산이다. 그리고 나의 자산이다.

경험을 자산으로 만든 레퍼런스

나를 기록하는 순간
브랜딩이 됩니다

"잘 구축된 퍼스널 브랜드는 인생에 뜻밖의 기회가 가져다준다."

『나다움으로 시작하는 퍼스널 브랜딩』마이크 김 작가는 말한다. 오래 살아남으려면, 과장된 이미지를 만들 게 아니라 자신의 가치와 역량을 높여야 한다고, 즉 자신이 브랜드 자체가 되어야 한다고 말이다.

26년간 읽고 쓰는 일을 SNS에 기록하면서 작가의 말처럼 인생에 뜻밖의 기회들이 많이 찾아왔다. 아이들 독서 수업 상담 의뢰부터 강의나 독서 코칭 수강 문의로 이어 졌다. 그리고 작년에 찾아온 인천시교육청 읽걷쓰 사업프로젝트 참여는 내 블로그 기록물이 다리 역할을 해 주었다.

작년 6월 초 즈음일 것이다. '서담재'라는 독서 모임 단톡방에 1박 책

쓰기 공저에 관한 카드 뉴스가 올라왔길래 무턱대고 담당자에게 제안했던 일이 있다.

"저… 1박 2일 책 모이 프로그램이요. 관심 있어서 전화했어요. 그런데 혹시 그 프로그램 자리 하나 비면 저에게 기회 주시면 안 될까요?"

"네. 관심 가져 주셔서 감사해요. 혹시 도서관 관계자이신가요?"

"아뇨? 도서관 관계자는 아닌데 제가 600일 만 보 걷기 한 사람이에요. 읽고 걷고 쓰기를 오래 해 왔어요. 온라인에서 500명 되는 독서 커뮤니티 리더예요. 멤버들이 책을 읽고 걷기도 하고 있어요. 걷기 방도 따로 만들었는데 만 보 걷기 실천한 분들도 많아요. 혹시나 해서요. 물론 제가 참여자로도 관심 있어서 전화드렸고요. 1박 2일 책 모이 마땅한 단체 없으면 저희 팀 주시라고요."

보자마자 가슴은 설렘으로 방망이질했다. 멤버들과 언젠가는 공저하고 싶다는 생각을 하던 참이었는데 눈에 띈 것이다. 무슨 생각으로 그런 말을 했는지 모르겠는데 우리 팀도 참여하고 싶다며 말도 안 되는 제안을 했다.

참여자로서는 신청 자격에 부합했지만, 참여자가 아닌 공저 프로젝트 단체 신청자 대표로는 자격 미달이었다. 우선 공공도서관 관계자가 아니며, 내가 운영하는 독서 커뮤니티가 선발 기준에 부합하게 인천 지역 사람들만 모여 있는 것도 아니다. 그런데 공공도서관은 아니지만, 남동구 인수마을에 '책과 노니는 집 서유당'이 버젓이 있고, 책 좋아하고 걷고 쓰는 사람들 커뮤니티 리더이기에 신청해도 괜찮을 것 같았다.

서유당을 잠깐 언급을 했는데 담당자는 귀를 기울인 듯하였고, 나는 참고 자료로 '북코치 바오밥' 블로그를 언급했다. 블로그에 들어가면 읽고 걷고 쓰는 삶 이야기가 실려 있다고 했다. 담당자는 우선 자격조건은 부합하지는 않지만, 신청 안내서를 보내줄 테니 작성해 보라고 했다. 되면 좋고, 안 되면 어쩔 수 없다는 심정으로 별 기대 없이 신청서를 보냈다. 신청서를 열어 보는데 한글날 행사 관련된 1박 책 모이 프로그램이기도 했다. 한글날 행사라면 한글학자 김슬옹 선생님이랑 울산 한글 축제 추진 위원으로 2년 동안 울산으로 내려가지 않았던가? 그걸 보는 순간 이건 내가 꼭 해야 하는 일이란 생각이 더 들었다. 그래서 울산 한글 축제 관련 경험도 기록해서 보냈다.

신청서 작성하고 30분 후 즈음 담당자에게 전화했는데 "블로그 잘 봤어요. 읽고 걷고 쓰기 이야기도요. 저희가 찾던 사람이더라고요."라면서 며칠 기다려 달라고 했다. 그리고 이틀 후 1박 2일 책 모이 공저 단체 선정이 되었다는 기쁜 소식을 듣게 되었다.

그렇게 해서 우리는 9월, 1박으로 인수마을 서유당에서 책 모이를 하였고 공저 출판에도 성공했다. 한글날에도 멤버들과 함께 인천시교육청에 초대되어 행사 참여를 했고, 교육청 앞마당에 전시된 우리의 '책과 노니는 집 서유당'은 그 어떤 책보다 빛이 났다.

공저 출판을 마치고 한 달 뒤엔 인천시교육청 교육 특강으로 '가족 독서 실천 사례' 발표자로 강의를 하기도 했다. 강의 요청을 받고 바로 한 달 만에 전자책 쓰기도 완성했다. 그토록 소원하던 책 쓰기 도전에 성공했다. 태교부터 영유아, 어린이와 청소년 시기에 맞는 생애 주기별 책 육아 방법을 소개한 '내 아이에게 물려줄 유산 만들기 프로젝트'가 출판 완료되었다. 올해는 인천시 읽걷쓰 사업프로젝트 2탄으로 가족 독서 클럽을 이끌어가는 총괄 리더로 활동을 했다. 이 모든 게 현실이라니 믿기지 않는다. 꿈만 같은 일이 지금 내게 일어나고 있다.

이 모든 기적 같은 일은 내 기록이 없었더라면 가능한 일이었을까?

"제 블로그 보세요. 읽고 걷고 쓰기 이미 오래전부터 하고 있던 사람이란 말이에요."라고 블로그를 안내했던 일이 증거물이 되었고 확인차 관계자 두 분이 인수마을 서유당까지 찾아온 게 불과 1년 전 일이다.

> "갈수록 세분화, 초개인화 되는 환경에서 개개인은 거대한 영향력을
> 행사할 수 있게 되었다."
>
> - 마이크 김, 『나다움으로 시작하는 퍼스널 브랜딩』

여전히 브랜딩이 나와는 상관없는 일일까? 누군가는 시간 낭비요, 자랑질만 하는 곳이라고 했던 SNS 기록은 자신을 브랜딩하는 도구였다. 블로그 글이 아니었더라면 작년과 올해 인천시와 이렇게 다양한 활동을 할 수 있었을까? 나를 알리는 도구로 SNS 기록은 디지털 시대에 점차 중요한 자리를 차지하고 있다. 차곡차곡 쌓인 기록을 디딤돌 삼아 꿈을 향해 도약하길 바란다. 나를 기록하는 순간 브랜드가 된다는 사실. 잊지 마시길.

'인천시 읽걷쓰'를 만나 뜻밖의 기회를 만나다. 멤버들과 공저하게 된 책과 노니는 집 두 권-2023, 2024년

바오밥독서커뮤니티 회원들과 함께 2024 겨울, 우리의 일상이 책이 되었다.
읽걷쓰와 만난 <책과노니는집서유당>

에필로그

읽고 쓰고 기록하는 삶, 추가로 걷는 삶까지 평생 루틴을 정하다

한 걸음의 혁명, 걷는 순간 삶이 달라진다

- 아홉수를 이겨낸 걷기 혁명, 진정한 홀로서기

"오늘부터 만 보 걷기 100일을 시작하겠습니다. 걷기 100일 프로젝트 함께하실 분 동행해요."

내 나이 49살에 여름, 만 보 걷기가 시작되었다. 그해 봄, 건강 책 모임을 한 달에 한 번 하던 중에 누군가 추천한 『걷는 사람 하정우』를 읽고 토론을 하면서 걷기에 관심이 생겨났다. 걷기 하나로 풍요로운 삶을 사는 그가(하정우) 부러웠다. 혼자 걸었던 길에는 한 명 두 명 길동무가 생겨났고 걷기를 통해 조금은 특별하고 재미난 세상을 사는 그가 부러웠

다. 특히나 걷기 동행자들과 책 모임은 뭔가 특별해 보였다.

"내가 앞으로도 계속 걸어 나가는 사람이기를, 어떤 상황에서도 한 발 더 내딛는 것을 포기하지 않는 사람이기를."

- 하정우, 『걷는 사람, 하정우』

집 근처만 움직이더라도 항상 자전거로 움직였고, 먼 거리는 자가용이 해결해 주었다. 버스와 전철도 어느 날부터 이용하지 않게 되었다. 자전거와 자동차는 내 발이 되어 어디든 빠르게 안내해 주었고, 두 다리는 언제부턴가 달고만 다니는 기분이었다. 작정하고 걸을 일도 만들지 않았고 굳이 그럴 필요를 못 느끼고 살았다. 웬만하면 걸어 다닌다고 자기를 소개한 배우 하정우의 삶이 담긴 책 한 권은 내 삶에 작은 파동을 일으켰다. 『걷는 사람 하정우』를 읽고 나서 호기심에 만 보 걷기는 시작됐다. 진짜 그렇게 걷기가 즐겁고 행복한 일인가?

오늘부터 만 보 걷기를 한다고 단톡방에 공개 선언했기에 실천해야만 했다. 그런데 3일 만 보 걷기를 하고 난 뒤로 몸에서 열이 나고, 온몸이 쑤시고 아팠다. 도저히 내가 할 수 없는 일인가? 한꺼번에 만 보를 걷는 게 원인인가 싶어 나눠 걸었다. 아침, 점심. 저녁 걷기로 2~3천 걸음씩 계획해서 걸어 보았다. 훨씬 수월하게 만 보가 채워졌다. 만 보 걷기에 성공하니 기왕이면 100일 동안 수행해야겠다고 마음먹었고 또다시 공개 선언을 했다.

그때를 생각해 보면 나는 뭔가 몰입할 것이 필요했다. 마흔아홉이라는 우울감, 1년 뒤 앞 숫자가 바뀌는 나이 오십이 된다는 불안감, 한 것 없이 나이만 먹어간다는 괜한 슬픔이 몰려왔다. 누군가는 갱년기로 해석할 수도 있겠다. 스물아홉. 서른아홉. 마흔아홉. 어릴 때 할머니한테 아홉수가 사나운 해라는 걸 듣고 자라서 그런지 미신적인 개념의 아홉수는 나에게 불안감으로 밀려들었다.

불안감을 메꿔 주기 위해 독서도 미친 듯이 더 했는데 그래도 채워지지 않는 무언가가 있었다. 오랫동안 일해 온 내 직업에 대한 고민, 남편은 언제까지 현재 일을 할 수 있을까? 남편이 회사를 관두면 어떻게 먹고 사나? 청소년기로 접어든 두 아이 교육과 진로는? 당장에 큰아이는 고등학교 졸업 후 대학 입학은 어떻게 해야 하나? 가장 큰 불안감은 경제적인 부분이었다. 아이 둘이 커 간다는 건 써야 할 돈이 커진다는 뜻이다. 남편과 나의 노후 자금 만들기는 남의 일이요, 당장 먹고사는 데 급급한 우리는 잘 살고 있는 것인가?

'혹시 매일 만 보 걷기를 하면 그런 불안한 마음이 사라질까?'

우선은 나 자신부터 생각해 보기로 했다. 오십을 준비하기 전 마흔아홉 잔치라 생각하고 매일 걸어 보기로 했다. 여름부터 시작한 만 보 걷기라 악조건 날씨와 부딪쳐야 했다. 장마가 시작되고 며칠째 비가 내리는 그런 날은 장화와 우비를 챙기고 걸었다. 때로는 챙겨 간 우산조차도 막을 수 없는 태풍을 동반한 비가 내리는 날도 걸었다. 비 올 것 같지 않은 날씨였는데 갑자기 비를 세차게 맞았던 날도 있었다. 그런 날은 영화 속 주인공처럼 '그래 내려라, 맘껏 맞아주마.' 하고 걸었던 날도 있었다.

단톡방에서 하나둘 "저도 걸어볼래요. 오늘부터." 하는 사람들이 생겼다. 걷는 사람 하정우가 혼자 걷다가 걷기 동무들이 하나둘 생겨났듯 내게도 그런 일이 벌어졌다. 걷기 동무가 생기니 걸을 때 더 힘이 났다. 그리고 기발한 생각 하나를 하게 되었다. 석양이 아름다운 돌머리 바닷가 고향길을 걷고 싶었다. 비릿하고 짠 내 나는 갯벌 냄새를 맡으며 걷는 고향길 만 보 걷기는 어떤 기분일까? 그래서 떠났다.

고향길을 걸으며 걷기 글도 써 보고, 엄마 한글 수업도 봐 드리고 온다고 남편과 아이 둘을 설득했다. 330km를 자가운전해서 떠난 고향길에 도착하자마자 갯벌이 있는 해안 길부터 찾아 걸었다. 내게 주어진 자유를 만끽하며 걸었고, 만 보 걷기 위해 고향길을 찾아왔다는 것만으로 행복했다.

무턱대고 고향길을 찾아와보기는 생전 처음 일이었다. 기분이 묘했다. 고등학교 3년 내내 자나 깨나 고향 떠날 생각만 했던 곳이었다. 큰일 저질러 야반도주한 사람처럼 훌쩍 인사도 없이 떠난 고향 아닌가? 19살 가을 그렇게 떠났던 고향이 좋아지기 시작한 건 30살 결혼하고부터였다. 낯가림이 심한 내가 피 한 방울 섞이지 않은 시댁 큰집을 들러 명절 제사를 지내고 고향 집에 오면 그렇게나 숨통이 트이지 않았던가? 결혼은 했지만 뭔가 불안하게 엮여가는 관계 속에서 힘들 때마다 찾아온 고향은 포근히 안아 주지 않았던가? 대학 졸업 후 외길 인생, 아이들 독서 지도하며 '이 길은 내 길이 아니야!' 흔들릴 때도 고향 바닷가 모래 갯벌을 걸으며 다시 시작해 보자고 다독이지 않았던가? 고향 떠나 객지 생활의 고단함을 한없이 하소연하고 나면 뭔가 가슴에서 벅차오르는 희망의 씨앗이 움트지 않았던가?

그런 고향에게 한 번도 미안하다고, 고맙다고 말한 적이 없다. 한참 해안 길을 걷는데 짠 눈물이 볼을 타고 흘러내렸다. 걷고 싶을 때 찾아올 고향이 있다는 게 얼마나 행복한 일인지 그때 알았다. 걱정할 것 없다고, 다 잘 될 거라고, 불안해 하지 않아도 된다고 했다. 흔들리며 피는 꽃이 사람 꽃이라고 고향이 말해 주는 듯했다. 바닷속으로 해가 넘어가도록 걸었다. 처음으로 고향과 화해의 악수를 했다. 1년 뒤 찾아오는 오십의 나이, 불안해하지 않기로 했다.

이렇게 든든히 나를 지켜주고 바라봐 주는 고향이 버티고 있는데 뭐가 걱정이냐고 자신을 달래 보았다. 세끼 밥 차려 먹고 있을 남편과 아이 둘에게 미안할 정도로 행복했던 고향에서 만난 치유의 걷기였다. 그리고 2박을 고향 집에서 엄마 손 꼭 잡고 단둘이 잠을 잤다. 엄마와 단둘이 잠을 자 본 일도 그때가 처음이라는 것도 그날 알았다. 엄마 자궁 속에서 탯줄로 교감했던 그때처럼 처음으로 엄마를 독차지한 시간이었다.

하루 천 보 걸음도 걷지 않았던 내가 이제는 걷기가 일상이 되었다. 순간순간 몰려오는 삶에 대한 질문이 몰아치더라도 이젠 문제없다. 걸으면 되니까.

읽과 삶이 연결되는 읽걷쓰를 만나다

'그래. 내 삶은 앞으로 읽고 쓰고 기록하는 삶 위에 걷는 삶도 추가해서 4가지를 삶의 루틴으로 정하자.'

무라카미 하루키도 좋은 글을 쓰기 위한 자신만의 하루 루틴이 있었단다. 하루키의 루틴을 보면 새벽 4시부터 12시까지 글쓰기, 12시부터 오후 2시까지 달리기와 수영, 오후 2시부터 저녁 9시까지는 낮잠과 독서, 음악감상을 하고 아홉 시부터 잠자리에 들었다 한다. 하루키처럼 나도 나만의 루틴을 만들어 보면 좋겠다 싶었다. 죽기 전까지 나는 매일 읽고 쓰고 걷는 사람으로 살아 보겠노라고 다짐했다.

"우리 실천해 봅시다. 블로그에 글을 써야 내가 알려지고 상상하지 못할 재미난 일도 일어난다잖아요. 우리 함께 실천해 봅시다. 아, 그렇구나! 느끼고 끝날 게 아니라 함께 실천해 보자고요. 저는 매일 읽걷쓰 루틴에 대해 블로그에 글을 써 볼 겁니다."

블로그에 나의 읽걷쓰 이야기를 매일 발행했다. '블로그에 글을 쓰면 세상과 연결된다.' 김민식 PD의 말은 내게도 현실이 되었다. 스무 번째 글을 쓴 날 인천시교육청 읽걷쓰 정책팀에 연결이 되었다. 인천시 읽걷쓰란 읽고 걷고 쓰기를 통해 앎을 삶으로 실천하자는 인천시의 교육 브랜드이다. 가끔 읽걷쓰 관련 홍보 활동이 있는 날은 추진 위원으로 활동을 하고 있고, 지금도 매일 읽고 걷고 쓰는 삶을 실천하고 글을 발행하고 있다.

"매일 새벽 기상하며 논어 필사를 합니다. 이른 아침 걷기를 하고 자연과 만나는 시간을 가지며 절기 일기를 쓰는 읽걷쓰 추진위원이 있는데요."

읽걷쓰를 잘하고 있는 모범사례로 인천시 교육감님이 인천 방송에서 소개하기도 했다.

읽걷쓰는 읽기, 걷기, 쓰기의 줄임말이다. 읽걷쓰는 이 3가지가 따로 떨어진 것이 아닌 하나로 묶이고 섞이는 통합된 배움의 경험이다. 읽고 걷고 써도 되지만, 쓰고 걷고 읽어도 되고, 걷고 쓰고 읽어도 된다. 삶의 중요한 문제와 질문을 읽고 걷고 쓰면서 탐구하고, 경험하는 교육을 말한다. 자신의 상황과 목적에 맞게 몸과 마음으로 옮겨 보는 것이 중요하다.

"내 영혼을 속박에서 풀어주고 사유에 더 많은 용기를 불어넣어 준 걷기."

『걷기의 인문학』에 소개한 철학자 루소의 걷기다. 자연과 인간의 감정을 깊이 있게 표현한 작품 쓰기로 유명한 영국의 시인 워즈워스 또한 걷기의 대가였다. 평생 걷고 또 걸으면서 시를 썼고, 시를 쓰기 위해 걸었다는 걷기의 신 워즈워스. 걷기는 그가 세상을 대하는 방식이자 시를 짓는 방식이라고 했다.

걷기를 하면서 불현듯 떠오르지 않았던 글감이 툭툭 튀어나오고, 생각 정리가 되어 글이 더 잘 써지는 경험을 한 적이 많다. 루소처럼 워즈워스처럼 걷기를 사색 과정의 일부로 만드는 철학자를 만나며 그동안 나의 걷기도 돌아보게 되었다.

"子日 人能弘道 非道弘人"

"공 선생이 이야기했다. 사람이 길을 넓혀가야지 길이 사람을 넓힐
수는 없다."

- 신정근, 『마흔, 논어를 읽어야 할 시간』

논어 필사 중에 가장 좋았던 구절을 꼽으라면 '내 길은 내가 정한다.'
이 대목이다. 마흔 후반 인생의 굽잇길에서 공자를 만나 논어를 읽고 필
사를 했으며, 만 보를 걷고 글을 쓰면서 인생이 조금씩 보이기 시작했
다. 인생살이에는 여러 가지 필수품들이 많은데 인생을 잘못 살았다는
생각이 들지 않도록, 향기가 나도록 가꾸어야 한다는 『마흔 논어를 읽어
야 할 시간』 신정근 작가는 말한다. 인생은 의미의 꽃을 피울 필요가 있
고, 향기 나는 인생을 가꾸기 위한 노력은 언젠가 꼭 해 봐야 한다.

26살 독서를 시작했고, 33살 큰아이를 갖고 태교 일기를 쓰면서 쓰기
의 즐거움을 알았고, 마흔아홉 만 보 걷기 시작하며 걷는 일이 삶을 살아
가는 데 얼마나 중요한지를 알게 되었다. 읽고 걷고 쓰기 이 모든 것들을
기록하면서 나라는 사람은 좀 더 성숙한 어른으로 자리매김하고 있다.
이제야 조금씩 인생이 보이기 시작한다. 길은 누군가 만들어 주는 것이

아니라 내 길은 내가 만들어 가는 것, 나문나답, 나의 문제는 나에게 답이 있다. 읽고 걷고 쓰고 기록하면서 그때그때 주어진 내 앞에 놓인 인생 문제, 피하지 않고 풀어가며 내 길을 앞으로도 닦아 나갈 것이다.

2024 읽걷쓰 가족북클럽 발대식 날
인천시교육청 도성훈교육감님&부평도서관 독서문화 황선주 과장님&유찬지후와 함께

2023년 인천시읽걷쓰 책모이 공저날 인천시교육청 잔디마당에서
도성훈교육감님&황선주 팀장님&공저한 커뮤니티멤버들과 함께